爷爷有间杂货店

解忧义工 编

上海交通大学出版社
SHANGHAI JIAO TONG UNIVERSITY PRESS

内容提要

　　"有间杂货店"APP 倾听并挖掘 95 后的真实生活故事，沉淀出鲜活、生动的内容，让故事表达无限的可能，也让全社会给予 95 后更多的爱、陪伴、接纳和宽容、鼓励、支持。《爷爷有间杂货店》从数十万位 95 后青少年和一位杂货店"老爷爷"之间的书信中挑选出 42 封，按照信中所探讨的话题和讲述的故事，分为 7 个板块，每个版块有一个主题，分别为"爱情""家庭""异乡人""人际""梦想""追星""学业"。

图书在版编目（CIP）数据

爷爷有间杂货店 / 解忧义工编 . — 上海 ： 上海交通大学出版社， 2017
ISBN 978-7-313-17904-3

Ⅰ . ①爷… Ⅱ . ①解… Ⅲ . ①书信集 - 中国 - 当代 Ⅳ . ① 1267.5

中国版本图书馆 CIP 数据核字（2017）第 218153 号

爷爷有间杂货店

编　　者：	解忧义工	地　　址：上海市番禺路 951 号
出版发行：	上海交通大学出版社	电　　话：021-64071208
邮政编码：	200030	
出 版 人：	谈　毅	
印　　制：	常熟市文化印刷有限公司	经　　销：全国新华书店
开　　本：	880 mm × 1230 mm　1/32	印　　张：7.625
字　　数：	166 千字	
版　　次：	2017 年 11 月 1 版	印　　次：2017 年 11 月第 1 次印刷
书　　号：	ISBN 9787-313-17904-3/I	
定　　价：	36.00 元	

序一
有间杂货店，专治不开心

年少时的我们，都经历过成长的阵痛。

在叫嚣撕扯的青春里，哭过，笑过，得到过，失去过。

我们很容易受伤，陷入画地为牢的孤独。我们也总是很迷茫，被力不从心的无助裹挟。

这样一个又一个漫长的日子，要怎么熬过去呢？

约翰·多恩有一首诗是这样写的："No man is an island, Entire of itself（没有人是一座孤岛，可以自全）."所以，每个人都需要陪伴，才能走过生命的一道道坎。哪怕是看上去再坚强的外表下面，也深藏着旁人难以窥探的脆弱。

过去的两年里，我和伙伴们一起经营了一间杂货店，努力为那些无所依归的情绪搭建一个容身之所。店里不售卖油盐酱醋茶，也不卖衣帽服饰，只有一位老爷爷，通过书信的方式，传递爱和温暖。

我们收到过很多来信，将平日里难以启齿的软弱、无处言说的秘密、哑巴吃黄连的委屈一吐为快。而无论什么时候，无论发生任何事情，老爷爷总会在回信中轻轻唤一声"孩子"，问候一句"展信悦"，将他漫长岁月里的生命体验娓娓道来，耐心、细致地写下他的看法和建议。

就这样，他在洞悉世情与人心之余，将善意融入了字里行间，远隔千山万水，柔软了一个又一个素昧平生的孩子的心灵。

有孩子说："我不知道那些温暖的文字出自何人之手，我愿意在脑海中构建一个杂货店的爷爷的童话。因为爷爷的存在，我们这些孩子抱团取暖，在白天遭遇了世界的冷酷之后，晚上回到家能有一个地方栖居，第二天依然微笑着怀着感激去拥抱每一个感动。"

有孩子说："一字一句认真读完爷爷的回信，内心一下子就被暖意填满了，泪水好几次要溢出眼眶。我朝思暮想的问题，终于有人为我指明一条道路，心中清明不已。"

有孩子说："这个世界太大了，曾经大到让我害怕，觉得我无论怎么努力，一辈子也就这样了，直到后来，我遇到了爷爷，给我带来新的希望和勇气。过去那个颓废不堪的我，被留在时间的涟漪里，越来越远，我开始向前，找到那个更好的自己。"

的确，这个世界充满着烦恼与忧愁，满满的压力与相互的不理解，但孩子们之所以还在现实中不断努力坚持，是因为他们在杂货店里看到了这个世界美好的、令人向往的部分。

我们希望能被更多人看到，希望杂货店里的温暖能治愈更多成长路上踽踽独行的孩子。

这就是我们出版这本书信集的初衷之一。

之二，则是为了纪念。纪念在杂货店里，爷爷和孩子们一起探索过的心路历程。

英国皇家航空学会院士班托克先生在《寄给与我相同的灵魂》一书中，写过这样一段话："我原本以为单靠回忆，就能抽丝剥茧，过滤出最精彩的片段。但人的记忆，毕竟会随着岁月而模糊、消逝。幸好，在几乎半个世纪之后，我们的信件依然保存完整，我随意拿起一封信来细细品味，所有的回忆跃然于纸上。"

我想，当我们一天天长大，在时光过处，再翻开这本书，想起曾经有这样一位老人，倾其所有，为我们操心操劳，陪我们前行，愿我们依然可以用最纯真的笑脸去面对生活。

这本书中，共收录了42位95后青少年和爷爷之间的书信。这是我们从十几万封信中挑选出来的。说起来，筛选信件实在是一项旷日费时的工程，在对信件内容进行梳理的过程中，经历了好几次返工才定稿。我个人也因为不幸遭遇车祸住院，而耽搁了一个多月的进度。

最终，这本书信集得以问世，要感谢所有孩子们对杂货店的支持和喜爱，感谢爷爷夜以继日不辞辛劳的付出，感谢文敏和Eric在我不在的日子里帮忙完成了收尾工作，感谢雪琳大力促成了这次出版，并给予我们许多专业上的帮助和建议。

还要感谢一路走来，每一位为杂货店尽心尽力的义工，我永远都会记得我们一起守护着杂货店的日日夜夜。

最后，我想和每一位读者朋友说，如果书中的这些故事你也曾经历过，或是正在经历，希望爷爷的回信能让你对此刻、对未来更抱有希望；如果它们对你还有些陌生和遥远，也祝愿你心中常有光芒，活出想要的模样。

杂货店义工：张昊宇

2017 年 7 月 23 日

序二
感谢所有的发生

三毛曾经说过："当时因为年纪小，我的愁我的苦，妈妈，你可曾知道？"

年少时，多愁善感，莫名的自卑，父母忙着为生活奔波，无暇顾及我的心思，幸好遇到一位好老师，发掘了我演讲及作文的天赋，用心陪伴我度过那成长的风暴期，让我在自卑中找到自信，让我在自以为是的黑暗中看见生命的光，那时我就告诉自己，要以爱传爱，要把这份我收到的爱之光照亮更多的人。

大学毕业，走过一段弯路，终于如愿成为广播人。当时主持的"悦心时间"常接到许多青少年的信，看着每封信就想起年少时那个茫然彷徨强说愁的自己。于是以一份同样心，聆听他们不敢告诉父母、师长的声音。就这样的，濒临自杀的大学生、血癌无助的女孩、单亲家庭被大人忽略的少年……在陪伴中他们得到接纳与信任。但当时的我万分心疼，他们原本处在花样年华，本该享受青春单纯美好的岁月，却在不被理解和忽视的过程中失去了那个可以快乐的自己。那时的我用心陪伴，希望在他们的成长路上因为有悦心姐姐，生命从此有了转弯！

去年在上海，遇见了有间杂货店 APP 的创办人 Eric，他充满激情地跟我分享他的创业初衷：用爱陪伴青少年，让每颗心得到温暖的守护。他告诉我爷爷和义工们所做的事，他告诉我青少年的彷徨和迷茫。在他的分享中，我感动莫名。在互联网 + 快速营利的时代里，竟有一个傻瓜坚持陪伴青少年，变现与否不是他的首要追求。而当时我刚在节目中分享完东野圭吾的《解忧杂货店》，心里想着我可以通过我的节目做些什么时，Eric 找上我，于是有了广播版的"悦心有间杂货店"，很开心在播出不到半年，已经深受青少年的喜爱。

而我和爷爷回复信件时，惊讶于这些孩子在小小年纪所承受的压力，相较于十多年前的青少年问题，现在的问题更是让人意想不到，我常在读信时哽咽得无法继续，不忍心这些美好的灵魂正在受苦，更发愿和爷爷一起坚持守护陪伴孩子们找回那些美好纯真热情的灵魂！

亲爱的孩子，生命是如此的独一无二，没有人可以左右你的人生，唯有自己可以掌握生命的主导权，人生的路不是全然的顺畅，但唯有在不顺畅中，我们可以看见那个充满勇气、坚持到底的自己！

亲爱的孩子，不管发生多么痛苦、伤心的事情，除非我们愿意，否则，没有什么真的能够伤害我们。

只要你做了"开"的选择，就像打开室内的灯光开关一样简单，你会看见自己在幽暗中的生命亮了起来。

亲爱的孩子，

有一天当你长大，

回首看那来时的路，

也许，你会和我一样，

感谢那所有的发生，

陪着你长大成人，

而值得庆祝的是，

你蜕变成独立、成熟、完整的大人，

但仍保有那温暖美好善良的自己！

深深爱你！

悦心姐姐

2017 年 7 月 23 日

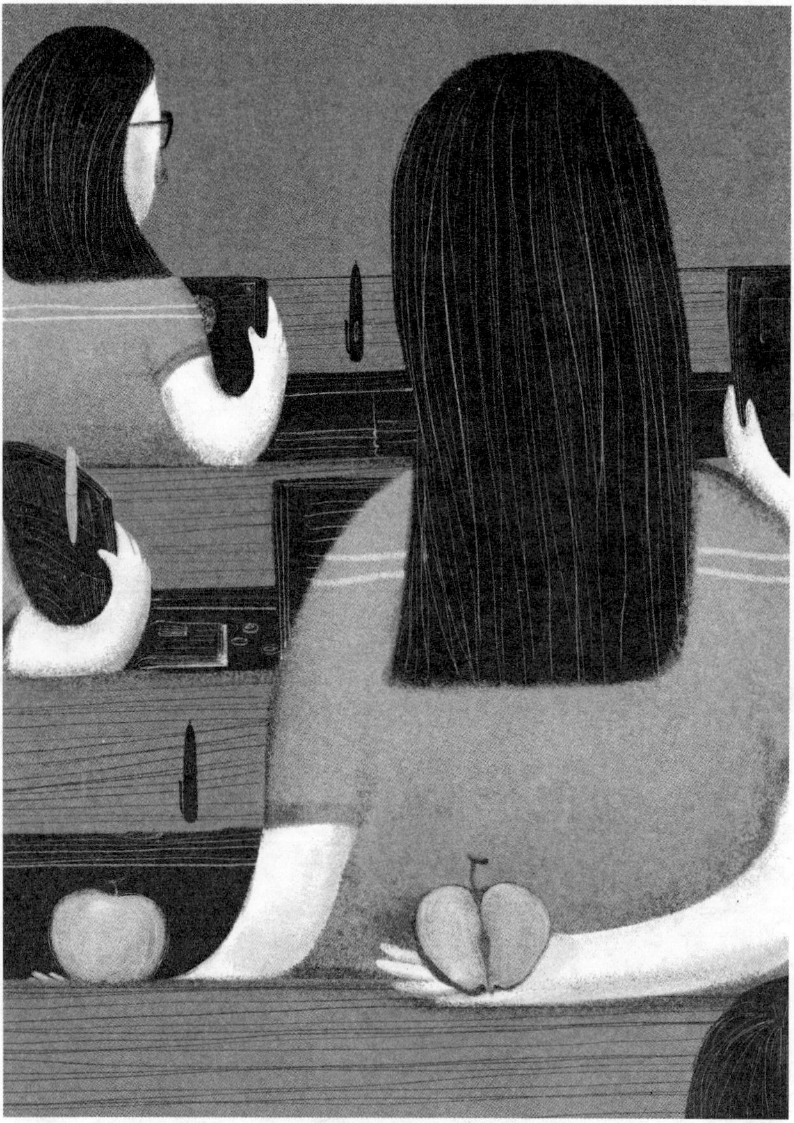

引言
跑下去，天自己会亮

"跑下去，天自己会亮。"

这句话，是经营杂货店的座右铭。

我和小伙伴们在创业的这几年，一直都在默默关注青少年成长过程中的心理健康。一开始，我们发现年轻人都有不同程度的选择困难症，非常纠结，不知道自己真正想要什么，于是便开发了一个"决策神器"，想着可以帮助纠结的人解决纠结的问题。但在这个"神器"的运营中却发现：当人们感到纠结时，他们所需要的根本不是得到答案，一切都源于他们缺少关注与陪伴，所以渴望关注，害怕失去……

这个问题又引起了深思，便想着是否可以从书中受点启发。在朋友的推荐下，我看了日本当红作家东野圭吾的《解忧杂货店》。拿起这本书后，就被书里的情节深深吸引了，一口气看到了结尾，也被书中主人公——一位神秘又温暖的爷爷打动。之后便萌生了一个想法，请教了一位著名的心理医生："陪伴这件事情，我们以什么样的角度给予缺失关爱的人群呢？"

他的答案给了我一个方向，他说："在中国，大部分的家庭缺少一个可以标榜的父辈形象，父辈的形象犹如一棵大树，挺立参天，让人觉得可以栖息、可以依靠。"

深思熟虑后，我和团队决定：打造一家真实版的解忧杂货店，希望能陪伴这群年轻人一起成长，在他们的成长路途中，能给他们一些温暖。可是我们从未想过：原来经营这样一家别样的"杂货店"，是一件如此考验我们每个人内心坚强程度的事。

一开始以为，会有很多人一下子就过来，分享他们的故事。结果却让我们不知是惊喜还是紧张：惊喜的是，来信的孩子越来越多，已经覆盖世界各地；紧张的是，我们恐怕应付不了如此之多的来信。

原本也以为，他们的问题不会超出我们的认知和想象。可事实是，问题千奇百怪，内容也越发沉重，甚至不时收到难以启齿、羞于见人的痛苦经历。一道道伤疤，展现在这间小小的"杂货店"里。

以前也想着：帮"爷爷"经营这间杂货店，我们这个小团队就能应付过来。可时间越来越久，信件也越来越多，小团队似乎不够了。正在这时，很多义工源源不断地加入进来，帮助我们一起经营这间杂货店。这让我们倍感荣幸，也增强了我们的信心，还有一份沉甸甸的责任感。

积累了数十万的来信后，我们决定，在征询用户同意的情况下，将这些信件归类、整理和编辑，做成一本书信集，给"杂货店"留下这一阶段的珍贵回忆。感谢很多人的帮助，这本真实反映青少年成长过程的书信集得以顺利出版。

书信里所提及的重男轻女、家暴、性侵、虐待、自残、抑郁等一系列问题都不是危言耸听，而是真真实实地发生在我们生活的这片土地上。也希望透过这些发人深省的内容，能够唤醒更多人真正站在青少年的角度上，去思考他们的成长问题，以及他们需要得到怎样的重视。

莎士比亚曾经说过："希望在任何时候，都有一种支撑生命的安全力量。"我们发现，孩子们在生命最迷茫失措、痛苦忧伤的时候给我们写信，单纯获得回信的感动已经不够了。我们想要让这群孩子在遇到各种困境时，能得到更多的安全感和勇气，他们需要更多的是"希望"。于是我们试着在来信中，找寻可以帮孩子做出一些正向改变的方法，然后团结我们的力量，为孩子在生活上做些小改变，让孩子们刚刚发芽的人生，能够多一些阳光。

虽然杂货店不售卖油盐酱醋，多次因无法盈利而面临关闭，但我们还是坚信那句话："跑下去，天自己会亮。"我们依旧会为了杂货店，为了爷爷，为了这群孩子，为了一颗创业的初心，努力地跑下去。

虽然不知道天什么时候会亮，但只要我们坚持在路上，就还有希望！

陆初杰

2017 年 7 月 25 日

目录

c o n t e n t s

c o n t e n t s

Part 1

爱情

/

这其实是
再正常不过的感觉

喜欢一个人，是孩子们来信中，最经常提及的话题。

在我们的人生中，总会遇到那么一个人，我们因为他（她）的学识，魅力，或者不知道什么原因，就喜欢上他（她），在千万的人群中，第一眼就会看到他（她）。

我们会为他（她）牵肠挂肚，他（她）的情绪影响着我们，他（她）的言语举止能令我们惴惴不安。

这其实是再正常不过的感觉。

因此，喜欢就争取，得到就珍惜，错过就忘记，感情说起来也就这么简单，只不过我们自己总会把它搞复杂了。复杂的不光是人与人之间，还有理想中的自己和现实中的自己的差距。

于是，我们为情所困，怎么都绕不出这个困境。

比如，以前，我们以为爱上一个人就是一辈子，后来，我们发现不是每对有情人都能终成眷属，也不是所有的爱情都能地老天荒，无论是青春年少时，还是长大成人后，我们都要学着面对突如其来的变化，甚至告别。

比如，爱情终究是两个人的事情，孤军奋战了那么久，还是不得不承认，单方面的付出再浓厚再热烈也无法长久。因为，我们信仰爱情，不仅是因为它为心所动，还有一个现实的温暖在那里。如果没有了，就只能是无处安放。

比如，情窦初开的男孩子和女孩子朝夕相处，很容易产生看见就高兴、看不见就想念的小情愫，可那个时候的我们，并不懂得什么是爱，如何去爱，因此懵懵懂懂、小心翼翼，却还是爱着爱着就失去了自我。

比如，当我们走过了甜蜜的热恋期，会开始发现，爱情有时并非那么美好，只是我们喜欢沉湎于它的浪漫，给它披上了绚丽的外衣，其实就算走到天荒地老，也离不开平淡稀松的日子，我们得学会好好经营。

比如，曾经我们固执地以为这辈子再也无法轻易忘却的那个人，忽然有一天，烟消云散，我们终于明白时间终究会比爱强悍，原来放下什么都不难。

再比如，当青春期如狂风暴雨般侵袭到我们的身体及心灵时，跟所有正在成长中的孩子一样，我们开始渴望另一个人的爱恋及抚慰，而猛然间，我们才发觉心中所爱慕的那个对象，竟与我们自己是同一性别。

看着这些感情故事里的兵荒马乱，或许，我们都要多一点耐心，也多一点信心，静下心来与自己相处，与自己谈谈心，问问自己想要一份怎样的爱情。

🕊 爱了一个姑娘，整整七年

爷爷：

展信悦！

爷爷我有一个特别爱的姑娘，从初中开始就喜欢她了。那时候我一直坐在她后面，三年下来我几乎都没有看过她的正脸，不过，我们每天都在聊天，我上课的时候看着她的背影都会感到很幸福很宁静。

她曾两次问过我喜欢谁，我说是你，她笑，问我到底是谁，我说，是你。可惜她一直以为我是开玩笑，搪塞她的问题，殊不知我说的的确是真话。

初三结束，我跟她告白，她很意外。

她跟我说，如果我愿意等她五年，她可以考虑一下。我刚开始挺激动的，觉得不就是五年么！我一定可以做到，后面几天甚至时常幻想和她在一起，做梦都能笑醒。每天不时找她聊两句，她也都一一回复我。

可是，后来问题就慢慢出来了。

我们不在一个高中，生活和朋友都不一样，没有共同话题，我跟她唯一有可能的交集都断了。而且，她喜欢玩剑网3，但是我要学习，我有负担，不可能投入太多的精力，我不是生活在很有钱的家庭，有些事不是想做就能做的。

我只能默默地关注她，她的每条说说、每条帖子、每张相片，都成了我每天奢侈的愿望。慢慢的，也成了我生活中不可或缺的一部分。

一过就是四年了啊。四年，真的很短，也真的很长，我甚至都快忘了自己是怎么过来的了。

四年里，我曾在无数个夜晚想过无数种问题，每一种都是关于她。

我觉得自己挺无能的。高三每天11点睡觉，4点起床，依然落得中下等的成绩，这使我一直觉得自己很配不上她。

首先，论家境，她优于我太多，即使最后她跟我在一起了，我也不想她跟我受苦，我愿意努力，也愿意为她拼搏，但是周期太长了，在低谷的时期我又能拿什么去呵护她呢？

其次，她是个很好的女孩，而我顶多是个普通青年，我给不了她所想要的。

我有的时候觉得自己很懦弱，真的，可能是我天生比较优柔寡断。我恨我自己不能轰轰烈烈敢爱敢恨，我恨我自己在她受伤的时候只能QQ只能微信，只能言语安慰，我恨我自己不能驱车，不能狂奔到她身边去照顾她，去安慰她，我恨我自己不能为她放弃一切。

其实，我更是恨我自己，在最无能的年纪，遇到了最想呵护的人。

如今四年过去了，刚刚经历过高考，开始了大学生活，我离开了她的城市，但还在同一个省，大二的校区会和她在同一个市区。

但我突然觉得无法面对一切。

这一年里她越来越忙，有了自己的稳定的生活，很少发说说和相片，我们这只断了线的风筝也越飞越远，她变得越来越完美，而我还不足够优秀，仍旧还是那个癞蛤蟆，做着一个美好的梦。

四年下来了，我也知道我们最后大概是不能的啦，我有的时候自己一个人戴着耳机听着音乐走在夜晚的街道，我会想我们的第五年真的在一起样子，我突然有些不敢想下去，我不知道自己该如何面对，难道这四年，仅仅只是一个执念？

我不能接受以后她和别人在一起的样子，但是如果真的有那么一天我还是会祝福她。就像金岳霖一样。

等五年到了我又该怎样生活呢？唉，人生，只一个情字。

或许我这种不敢撩妹，脸皮又薄的闷骚男活该单身吧。

人终究会被其年少不可得之物困扰一生。

爷爷您怎么想呢？

祝生活愉快！

✹✳✹✳✹✳   ✹✳✹✳✹✳

孩子：

你好！见字如面。

看了你的来信，爷爷深深地被你感动了。

从你喜欢上她，到现在，一晃都七年了。这真是段不短的时间，它可以让一位中学生变成大学生，甚至足以让一位大学生进入职场，发展成为中流砥柱。这么长的日子里都只喜欢一位女孩子，在这步调越来越快、越来越浮躁的世界中，真的是需要犹如恒星般的恒心，你的坚持不易，爷爷很佩服你。

不过，年少时的爱情，或许就是这样吧，因为某一点喜欢上她，不可自拔，为了她甚至可以一直等待，可是时间越是逼近，自己越是开始退缩，分不清楚，到底是自己的执念，还是懦弱，还是其他的因素。但我想，不管怎样，爷爷可以肯定，你爱过她，现在也在想着她。

其实，在每个人的生命中，都会有这样一个人的存在，而这个人可能是我们心中的偶像，一朵不可触碰的莲花，我们都想能够走到它身边，甚至是拥有它，而终会有一天，我们会发现，其实美好的东西不一定是据为己有的。

离你们的约定还有一年的时候，爷爷建议你不妨梳理一下你内心的真正需求，你是否真的爱她，想要和她在一起？还是你自己的执念？或许，爱她只是一种习惯，或许想她是深入骨髓的情不自禁？

不要着急，慢慢来，问问自己，你想要的到底是什么？理清自己的内心，就能做出很好的选择。

看到你因为你们之间的差距而有了迟疑，觉得自己不够优秀，不能给她你认为的幸福而深深挫败，因为无法在她身边陪伴而悔恨，爷爷一直在想，你真的有这么差吗？

不！

你很有担当，肯承担责任，爷爷相信这些年你也付出了很多努力，为了信守这份承诺。要真说缺少什么，我想，是自信，是勇气。

虽然爷爷也不知道究竟这样孤军奋战的日子还会有多久，但是相信当你自己成长到一定程度的时候，你会发现，其实你会有更宽的视野和更多的选择，到那时，或许她在你心中的地位不会变，但你肯定会拥有更好的属于你的选择。

加油，孩子，慢慢走，慢慢感受，你会发现前面的光芒在等你。

爷爷总说，**相遇是一件美好的事情。有这样一个人，让你心动，让你牵挂，带给你这么多从未体验过的心情，况且你和她之间曾经的回忆，都很珍贵，值得永远去珍藏。所以，其实不论结果如何，你都已经获得了成长。**

期待你的好消息。

🐦 分手后，怎么都放不下他

爷爷：

展信安！

明天就是七夕了。

两年前的七夕，我和他分手了。

没有歇斯底里，没有挽留，甚至没有说分手，两个人就瞬间不联系，陌路了。

两年后的今天，同学聚会，又见到他。我不知道自己是怎么了。可能是因为他一贯的模样、一贯的态度，让我很惶恐。如果他把我当陌生人，我也许就真的死心，真的彻底放下。

他不是很好看的男生，甚至谈不上帅，不过笑起来的时候，有两个小虎牙，很温暖。当时读书的时候，他的成绩很好，尤其是理科，还有英语的发音也很好。我的成绩也是拔尖，我们坐同桌，可谓情投意合。我喜欢安东尼的文字，他喜欢写随；我喜欢王菲，他喜欢陈奕迅。

我们说好未来要报考同一所大学，彼此更努力。我幻想着，毕业后，我们可以骄傲的站在一起，牵着手去找老师，脸上洋溢着幸福。再过几年，我们步入婚姻的殿堂，一辈子在一起。老了，就找一个有着美丽夕阳的小镇度过晚年……

爱情总是美好的，爱情里的许诺也是美好的，可是美好的事物太过容易陨灭。

如今，已有两年了，我们未曾再见过。

我知道他现在有女朋友了，我不能再打搅他的生活。而且我清楚地知道他对我的态度只是因为在那么多同学面前，要给我面子，也给足自己面子，要让大家都继续坚信，我和他只是曾经学校里单纯的一对学霸模范同桌。再无其他。

而我和他在一起过，悄无声息的，又分开了。几乎没有人知道。

人说，一个男生真的喜欢你，会让全世界都知道。

大概那段时间，他没有真心地喜欢我吧？

可我自己知道，我真真切切地付出了真心，深刻地爱他，不只限于外表，而是忠于他这个人，他灵魂的所在。

所以我总是不甘心放手，而现在我知道，自他不再单身开始，我必须，必须，必须得放手……

这些我都知道！道理我都懂！可我做不到……

分手后的两年里，我不止一次尝试过：也许时间可以治愈一切，过了几个月，我就能走出来。也许我该去找一个喜欢我、我也喜欢的人好好谈一场恋爱……能试过可以忘记他的方法，我都试过了！

好像成功了。

但是在再一次见到他的时候，又崩塌了。我输了。输得毫无尊严。

最主要的是，我因为他那么痛苦，多少个晚上失眠流泪，多少次在街上看到长得像他的男孩子，总要心跳停半拍，甚至，会连续梦到他……可这些，他……他妈的还不知道啊！

有的时候真的觉得自己特矫情。有啥大不了的。不就是失恋么。世界那么大。每时每刻都有人在要死要活地失恋。

安慰自己告诫自己的话我都说过了。没有用。

爷爷，你在年轻的时候，有那么深沉地爱过一个人吗？她是现在陪在你身边的奶奶吗？

我……我自己都很心疼自己。总是想着，想着，就流泪了。多半是心疼自己的真心被一个无情无义的人忽视。我想要传达，却已经没了资格。

爷爷，我该怎么走出这片阴影？我深知不能在一棵树上吊死。可是两年了，从未再见，再见又喜欢上……两年啊……多少个朝朝暮暮啊……这样的时间沉淀还不够吗？可为什么……为什么呢……

我从不曾想过自己有朝一日会痴情，或者说长情至此。

爷爷，长情真的有错吗？为什么爱一个人要那么痛苦。告诉我怎么才能快乐起来吧。

爷爷，世界上那么那么多的人。那个真心喜欢我，我又真心喜欢他的人，我该怎么去寻找呢？

望安好！

✳✳✳✳✳✳   ✳✳✳✳✳✳

孩子：

　　你好！爷爷已经收到你的来信。

　　这是一个不那么快乐的情人节，很矛盾，对吗？很多时候，我们的理智告诉我们可以停下了，但是我们的感情还是舍不得。感情这事儿最苦的莫过于恨别离、求不得，爷爷特别理解你此刻的痛苦。

　　毕竟，我们是人类，又不是机器，不能说开就开，说关就关。这感觉大概就相当于你努力的向前跑着，以为马上就要走进幸福的大门了，门却突然关上了，而你，闪了腰，滋味不好受。也有过很多闪了腰的孩子，跟爷爷诉说过他们的故事，大相径庭，却都各自哀伤着。

　　爷爷通常都会跟他们说：**在最需要奋斗的年华里，要去爱一个能带给你动力的人，而不是让你精疲力竭的人。**

　　不过，我们会因为感情上面的事情而纠结，这样的矫情，也不见得是一件坏事。**没有什么感情是一蹴而就的，很多时候都是无疾而终，但鲜有人会去反思，感情结束的原因是什么，今后该如何避免重蹈覆辙。爷爷觉得，这才是更重要的，有一段失败的感情经历，可以让你内心世界更强大，也更加知道自己想要的是什么。**

　　这个七夕，有爷爷陪你"矫情"着，希望多少给你一些安慰和鼓励。

孩子，在我们的人生中，总会遇到那么一个人，你会因为他的学识，魅力，或者不知道是什么原因就会喜欢上他，在千万的人群中，第一眼就会看到他。这种心情是青涩而美好的，因为他的情绪而牵动自己，因为他的言语而惴惴不安，那都是青春最美的样子。

你们一起走过的曾经，这段过去想必你在心里已经回忆过无数次，像看纪录片一样，一幕一幕，但然后呢，这些啊，都只能是纪录片里褪色的记忆了。这几年，你们两个人不仅年龄在长大，心理也在成熟。你可能会觉得现在一切都不一样了，但爷爷希望你知道这世上唯一不变的事情，就是——时刻在变。

"愿得一心人，白头不相离"是每个女孩对待爱情的最高理想，但有的时候，现实总是很残酷，很直接。

不管他以前说了什么做了什么，爷爷都愿意相信那是真的；同样的，现在他说什么做什么也是真的。只不过，现在的他不是以前的他，现在的你也不是以前的你了，不是吗？想一想，你现在是爱他？或者只是不甘心？你在意的是现在他这个人？还是你们在一起的时候的他，或者是你们从前的那种感觉？

爷爷也愿意相信，你们爱着的时候是真的爱，而分开的时候也是真的不爱。所以，面对爱情，怎么能用对错来评判呢？对错之分太绝对了，爱情最让人着迷的不正是那种说不清道不明的冲动吗？

不瞒你说，在爷爷的记忆里，也有一个穿着白色连衣裙的女孩子，在弄堂口冲我微微一笑，爷爷甚至还记得她的书包上，绣着一只翠绿色的蝴蝶。虽然她只在那里住了短短的三年，但在爷爷记忆深处，依然美得像一个梦。一不留神，一恍惚，仿佛还能看到她的身影。

而如今，她也已经成了带着孙子跳广场舞的老太太了。上次在菜市场碰到她，爷爷那份心动的感觉已经消失了，但还是感觉很温暖。感谢时间让我们能遇到那样一个人；感谢时间让我们在漫长岁月里，有美好的记忆；也感谢时间，让我们渐渐忘记。

但忘记是需要勇气的，也需要更多的时间。

爷爷给你讲一个故事吧，说一个苦者，找到一个和尚倾诉他的心事，他说：我放不下一些事，放不下一些人。和尚说：没有什么东西是放不下的。他说：这些事和人我就偏偏放不下。和尚让他拿着一个茶杯，然后往里面倒热水，一直到水溢出来，苦者被烫到马，上松开了手。和尚说：其实这个世界上没有事是放不下的，痛了，你自然就会放下。

如果你真的觉得自己忘不了，那就不需要刻意去躲开这些，这样反而会时时刻刻提醒你，强化你的记忆。你可以试着去拥抱这段过往，让这份记忆慢慢融入骨髓，直至你不再想起。就好像关上了一扇门，把那些过往都珍藏起来。爷爷始终相信，面对过往、面对伤痛，没有忘掉这个选项，只有释怀才能让你走过去。你会感受到时光的仓促和漫长，也只有时光，能见证你的成长和蜕变，成为一个更好的自己。

只要你积极努力想要走出这个困境，爷爷相信，你不会让自己越陷越深的。

至于，你说的那个有缘人在哪里。

好孩子，想想你的一生还有多少路要走，还会经历多少事，也意味着还要遇见多少人。爱情是一瞬间到来的，在这之前，努力做好自己，成为一个优秀的人，等那个时候来了，才能抓住机会，让他一眼就能看到你。

愿你在最美的时光，遇到最好的人。

愿你一生明亮，清澈无忧。

做你愿做之事，爱你愿爱之人。

祝福你，好孩子！

🕊 早恋，是个秘密

亲爱的杂货铺爷爷：

您好！冒昧来打搅您。

我，是来自一个南方小镇的普通女孩。从一个朋友那里借来东野圭吾的《解忧杂货铺》看了，感触颇深，最开始是出于对作者的喜爱与小说的好奇才阅读的，可合上书本，我竟然也开始期望这样一个杂货铺的出现…

直到得知了这么一个APP（也是来自那个借我书的朋友），我按捺不住，真的想有一个杂货铺倾诉。

最开始的话题有点敏感……是关于早恋的【羞，捂脸】。我清楚地知道这么做肯定会遭到老师的责骂与家长的反对，所以，这是一个秘密！但我真的很希望乏力且拙劣的文字能表达我的真情实感。

在去年，也就是2016的暑假，我遇见了他——说"遇见"并不准确，因为我们是初中同学，从初一开始我们就在一个小组，他坐在我后面的后面。他是个个子很高、皮肤有点黑、干净干练的男孩，瘦瘦的显得更高。他是班长兼体育课代表，所以就暂且称呼他为"班长"吧。他呢，理科资优生，文科时不时地也有不错的成绩。而我，的的确确的理科白痴。长相一般，气质不出众，身高比他矮20厘米多，也只有写的一手好字而已。

原本我们只是要好的朋友，在暑假，QQ聊天使我们找到了许多共同话题，而且经常一聊就是一通宵。和他在一起，我感觉到轻松，而且总能得到鼓励。渐渐的，我对他产生了好感。

我不知他是不是也察觉到了，但依旧每天凌晨给我发"晚安"，在我气馁时不停地鼓励，在我快乐时一起大声欢笑，在我生日时准备一束粉粉的花……在去年的12.17，我鼓起勇气表白了！看起来是一时疯狂，实际在我内心已演练了千万遍。

一番周折后，他竟然同意了。

不过，因为害怕被别人知道这个"小秘密"，我们还是有些遮遮掩掩的。比如，人多的时候，我们鲜少说话，即使碰面了也会目不斜视，假装不认识。比如，听到别人提起对方的名字，也装作事不关己笑笑低下头继续做题。比如，经过他座位的时候，我只敢用余光偷偷瞟一眼他在做什么题目，却不敢多在他身旁停留一秒。

但我们的感情还是悄悄地、顺利且甜蜜地进行着，放学后一起学习、跑步，甚至一起跨年，在书店待一个早上，互赠巧克力……这段时期，我真的很开心。

没想到，期末考试后，当我信心满满地接过成绩单时，结果令我既惊讶又失望。虽然有两门科目考了第一，但是总排名被甩到了后面……而他跻身向前，获得了不错的成绩。

他很温柔地安慰我，父母和老师也没有责怪我，但是我心里很不是滋味。我分析了我的不足，也把早恋的事单独列出来——这会不会也是影响我的因素之一？我是不是要重新正视自己了？

然而，更可怕的事情是，我现在的脑袋越来越糊涂，有事没事就想起了他。因为假期的到来，我们的联系也密了起来，他越来越宠（用这个字好吗？）我，我越来越依赖（精神上的）他。连他自己都承认现在的学习效率越来越低了。

我有点害怕。害怕这样会害了我们两个。

我这时候觉得很茫然，况且还面对最重要的中考前冲刺。我们清楚中考后一定会分开——我读文，他读理。所以这注定是一场没有结果的恋爱，徒劳而无功。

但是我真的很喜欢他，对，喜欢！

希望您老人家能给我一点建议，哪怕是骂我几句，让我清醒一下，我也知足了。

谢谢！

此致

敬礼！

❋❋❋❋❋❋   ❋❋❋❋❋❋

孩子：

你好！你的来信爷爷已收到。

这样的相遇是缘分，爷爷也是看到这本书才有了这样的想法。很多人帮助到爷爷，才建立起这间杂货店，真觉得很幸运，有这么多孩子会信任我这个素昧平生的老头子，会将心底这些话告诉我。感谢你们的信任，当然也得感谢小义工们一直不辞辛劳帮我打理店里的琐事。

看完你的来信，爷爷首先想起了佩索阿在《恋爱中的牧羊人》写下的诗句：

由于感到了爱，我对香味产生了兴趣。

我从不曾留意过花朵的气味。

现在我感到了花朵的香味，好像看到了一种新事物。

我知道它们总是有气味的，就像我知道我存在一样。

它们是从外面认识的事物。

但是现在我用来自头脑深处的呼吸认识了花朵。

如今，我觉得花朵的香气品味起来很美。

如今，我有时醒来，尚未看到花，就闻到了它的气味。

这大抵就是孩子们在青春期悸动的爱情滋味吧。情窦初开的男孩子和女孩子，朝夕相处，很容易产生看见就高兴，看不见就想念的那种小情愫，这是很简单、很纯粹的感情。

在爷爷看来，**爱是一种能力，更是一种与生俱来的本能，它是深入到你骨子里的，一旦激活了它，爱就会魔力大现。而唤醒它的方式，就是一个人，一个能走进你心里的人，我们无法预知这个人什么时候来，早一些，晚一些，只是时间问题。**所以你来信中所讲的事儿，不用不好意思，爷爷可是很开明的，呵呵！

黄磊先生在谈起"早恋"这个话题的时候也说过:"十四五岁谈恋爱是正常的,这本身就是谁都会有的一个天然的东西,你能做的是往健康的更好的方面去引导,包括在性方面有一个更好的教育,保护好自己。"

这话说得有理。

早恋只是现代社会下的称呼而已,在古代14、15岁已经成家立业,哪里来的早恋呢?感情发生了就是真实的发生了,没有时间的对错。从来有问题的都不是早恋,而是我们在感情里的所作所为是否得当。

现阶段,你们都有重要的事情——学业,要付出时间和努力。同时,因为懵懂,没有经验,初尝爱情滋味,面对开始、交往、争吵等方面都有可能遇到难题。于是,学业和感情在矛盾中需要找到平衡点,否则,就像现在,你会很迷茫。

但我们总要学会这些的,眼前就是一个机会,未必是坏事。

爷爷看到了你对他的依赖,你那么在意,但爱情不是生活的全部,现在不是,将来也不是。那句俗话怎么说来着,陪伴才是最长情的告白。

什么是陪伴?

陪伴,并不是少了你,我就寸步难行,也不是两个人大眼瞪小眼待在一起,更不是时时刻刻守在一起。而是我一个人也可以过得很好,毕竟我们都是独立的个体,应该有我们自己要做的事儿,但因为有对方的出现,我们可以互相支持、互相鼓励、互相分享,让两个人的世界变得更丰富有趣了。

两情若是久长时,又岂在朝朝暮暮。就是这个意思。

你们会想念，但也可以不单单只是想念彼此这个人，想着对方在努力，我也要努力，想着弄明白一个知识点再见面的时候可以讲给对方听，想着多练习一篇议论文给对方点评，等等。

这次考试虽然不理想，但学习本就是复杂的事情，除了平时的累积，还有发挥、出题范围的变化等的原因，谁也没有成绩一直稳定的。再说，也不是整体都下滑，不是吗？分析一下出现问题的科目，为什么做错，为什么被扣分，像从前一样去应对学业上的种种，爷爷相信你。

至于你们的未来，说实话，我们甚至不知道明天会怎样想，何必害怕未来几年的事情呢？一起努力，不就是为了你们的未来的最好的方式吗？

祝安好！

🐦 喜欢她，却是一厢情愿

爷爷：

您好！

我有一个纠结了很久很久的问题，一直放不下，希望您可以给我一些建议。当然不能及时回复没有关系的，爷爷要注意多休息。

不知道爷爷有没有留意到现在有很多的同性恋，希望您对此没有排斥。

她是我以前的教官，任教期间我们没有说过话，但是等后来通过 QQ 我和她有了联系，一开始只是觉得她很有意思。因为是教官嘛，加她的同学也很多，可是当时不知道什么想法，就是不甘心她对我和对其他同学一样的陌生，于是想着办法使自己对她来说有所不同。

后来啊，我每天对她说早安晚安，其实当时是有一些小心机的，就想在她心里特殊一些，再后来，每天的早晚安已经成了习惯，说起来到现在已经坚持两三年了呢。她就像八点档的电视剧一样住在我心里了，我的各种密码、相册都是她。闲时脑子里全是她，忙时她也会不间断地从我脑海中冒出来。真的，好喜欢她。

周六日，我就会和她聊天，当时真的很开心。再到后来，我觉得我有点奇怪。每天说完晚安时习惯地去她的空间，怕遗漏了没有收到的动态，这种状态越来越可怕……每每聊天时，我开始变得小心翼翼，总是斟酌半天，确定文字不会使她不开心才会发送。还有一次，我们正在聊天，她就回复我了一个"哦"，当时真的有一种心痛的感觉，好无助，不知道我做错了什么，反复看之前的聊天，明明没有什么问题……真的不夸张，是一种心被揪住的痛感。

我们并不在一个城市，其实我知道，我们的关系之所以维持到现在只是我在一厢情愿，有时我在想，如果没有当时的犯贱，我们也许就不会有故事。

可是，我真的喜欢她。有时聊天，她晕车不舒服，我就好想在她身边照顾着她；她不开心时，好想在她身边给她一个肩膀。可是我知道，她的身边并不缺人照顾她……

明明从小被打击唱歌三点，从不敢在人前唱歌，当然现在已经好了，却还是有小时候的阴影，却因为她的一个群发消息，鼓起勇气为她唱歌，她一定不会知道的。

今年的520，我终于鼓足勇气向她说出我的感觉了，我知道她在，却不敢看她的回复，假装自己在睡觉，其实我哭着看完了全部……我不想走，我还想留。

小爱缠绵，大爱放手，可是我没有那么高的觉悟，我只想要她啊。

她说，她不喜欢我，她只把我当一个妹妹；她说，我也许不是真的喜欢她；她说，每天的早安晚安让她很感动。我知道啊，也只限于感动。我不会像其他人一样抱怨我的付出得不到回报，因为当我知道当我爱上她的那一刻，就不会得到回复。

我的追求，注定是没有结果的啊……

可明明已经精疲力竭，却还是舍不得放手，我怎么舍得啊……

明明内心深处已经知道她不会喜欢我，却还是一直在自作多情，一厢情愿……地逃避着。

很多人都觉得我这个年纪还不懂得什么是爱，看过很多书和很多小说的我早已看明白了很多，不管是人还是事。可是，我是真的喜欢她啊，真的……好喜欢……

我曾经真的很骄傲，可以对很多都不屑一顾，也可以把一切都分得很清，可是我却不敢和她分清，我怎么敢，也分不清啊……越来越小心翼翼，越来越卑微，却什么也挽回不了。

曾经看到过一篇说说："你只需要向我走 1 步，剩下的 99 步，我来走。"对她，我可以走一百步一千步一万步，只要我的腿还能动，就不会停止脚步。大概我真的疯了吧。

爷爷希望您可以给我一些您的建议或见解，来帮助我解开我心中的结，拜托了。虽然，可能性很小……

对了，爷爷不用急着回复，多注意休息。

另祝爷爷身体健康！

❋❋❋❋❋❋   ❋❋❋❋❋❋

孩子：

　　你好！

　　爷爷收到你的来信了。首先，先谢谢你对爷爷的祝福，爷爷也很开心能够在这里陪伴着你。

　　你的来信，爷爷反反复复读了很多遍，有很多话想跟你说，同样也说给和你一样的一群，在最深最深的黑夜里，独自彷徨，无所依归的孩子们。这些问题可能正在困惑着你们，我不能说对每个问题都有现成的答案，我只能凭借我个人对人生的观察及体验，给你一些提示，帮助你去寻找你自己认为可行的途径，踏上人生的旅程。

　　你知道吗？很多人都会在生命里被卡住，卡在过去某个情绪或者某件事里，动弹不得，不把这些说出来，心情就很难从这种困境中解套出来，就会不自觉地重复在这个老掉牙的故事里，继续难过、哀怨。情绪过不去，理性就出不来。

　　所以爷爷很高兴，你这样信任我，愿意把心里的这件或许很"难以启齿"的事儿讲出来。你放心，爷爷会一直陪着你，度过这段难熬的日子。我相信，情绪被发泄之后，说不定，我们也就找到了新的生机，你说呢？现在有没有觉得好一点？

　　从来信的叙述中，爷爷能够感觉到，你是一个内心善良的孩子、一个对待感情真挚的孩子。爷爷知道，她对你而言，是如此特别而又重要的一个存在。就像你在文中叙述的那样：你的各种密码、相册都是她，她就像八点档的电视剧一样住在了你的心里。你为她唱歌，竭尽心力地陪在她身边，努力地维持着你们异地的关系。爷爷能够想象，她的一条短信一定能够给你带来很多的快乐。

不过感情方面，也确实不是付出的多，就会产生喜欢的；可能更多的，也仅限于感动。这就好比一个人明明喜欢吃苹果，但是对方却推了一车的香蕉过来，还问为什么不喜欢，一样的道理。感情是两个人的，当两个人确实没有办法达成共识的时候，我们一定也要学着去尊重对方的选择。

更何况，这三年来单方面的付出，你真的不累吗？在你现在的这段感情里，无论你走了多少步，你心里应该也清楚，女教官或许都不会走那一步。这样的感情，孩子，你认为再坚持下去真的有意义吗？可不可以停下脚步，给自己一段休息的时间，为自己而活，或者驻足去看看身边其他的人和事情。

好孩子，爷爷说了这么多，最终还是需要你自己去决定。这三年付出心血的是你，在这个世界上除了你自己没有另一个人可以设身处地去感受你的爱和痛。别委屈了自己，好吗？

必先自爱，方可爱人。这是爷爷特别想送给你的一句话。

至于同性恋，爷爷并不排斥，也不觉得这是你来信的重点。在人的生活情感中，谁不希望一生中有一段天长地久的爱情，觅得一位终生不渝的伴侣？尤其在你这种敏感而易受伤的年纪。

在爷爷看来，爱是一种能力，更是一种与生俱来的本能，它是深入到你骨子里的，一旦激活了它，爱就会魔力大现。而唤醒它的方式，就是这个人。既然如此，我们很难决定这个人是男是女，它是自然而然发生的，所以同性也好异性也罢，爱没有错。

但爷爷很心疼，心疼你一直以来甚至将来会一直面临的处境。毕竟，你无法告诉你父母，也很难公开给所有人，这份沉甸甸地压在你心上的重担，因为没有人可以与你分担，就得自己背负着，很辛苦。但我们都走过来了，也还会继续勇敢着坚强着，对吗？

至少，未来，你不会再是一个人踽踽独行，爷爷会在杂货店陪着你，随时欢迎你来信。

异地恋能坚持多久

亲爱的爷爷：

　　您好！

　　最近您还好吗？想想我都有好久没给您写信了。爷爷，告诉你一个好消息，我恋爱了！

　　他是一个暖男，但他只暖我一个人，他很好，很宠我，有时候痞痞的，是我喜欢的类型，我可以看得出，他很爱我！

　　可是，我们是异地恋。

　　我觉得这种日子很煎熬，时间怎么过得那么慢，每天都度日如年，虽然他每天晚上都会跟我打电话，可我还是常常没有安全感，总是害怕有一天会失去他。

　　很多人都说异地恋谈的不是恋爱，是信任；也有很多人说，异地恋是没有结果的，十个异地恋有九个分手的。

　　虽然他总是告诉我不要多想，我和他一定会在一起一辈子的，可是我还是害怕，我根本就不知我和他能坚持多久！

　　我和他分隔两地，中间隔了那么多城市，我哭了，他都不知道，我生病了，陪我去医院的也不是他，功课忙起来的时候就不能经常发消息打电话，有时候通着电话会突然不知道说什么，找不到共同话题。爷爷，我们这样的感情会变淡吗？

最近这段时间里，他倒是来过两次，其中一次是为了给我过生日，让我很感动。但每次他走，我都哭得像个泪人。

我曾经有很多次想要离开他的想法，觉得太苦了。我才是一个刚刚成年的孩子，就要经历一场异地恋，我想要的不是这样的恋爱。我不想每天对着手机傻笑，我不想和他隔着一块厚厚的手机屏幕沟通，我不想和手机谈恋爱！

但是没办法，改变不了的是我爱他，所以要承受着本不该承受的异地恋。

爷爷，我该怎么办？

❋❋❋❋❋❋   ❋❋❋❋❋❋

孩子：

你好！爷爷收到你的来信了。

好久不见，十分想念，再次收到你的来信已经是新的一年了，爷爷祝愿你有一个美好的 2017。

看到你恋爱了，有了自己的新开始，真是值得高兴的事儿。听你的描述，他是一个暖男，很宠你，对你好，又是你喜欢的类型，一切看上去都很美好，可惜，你们要经历异地恋的考验。你担心承受不住这些，担心感情会慢慢变淡，对吗？

是啊，随着时代的进步，人们都不像从前那般安稳地在一个地方过日子，总会有一些变动，所以异地恋的情况也更多发生了。不过原本爷爷以为，现在通信和交通这么方便，即便是异地，似乎也并不十分影响关系的亲密，哪像爷爷年轻时候，一封书信、一封电报，都是漫长的等待。

杂货店陆陆续续收到很多异地恋的孩子写来的信，甚至还有跨国的，你们的故事各不相同，但都有同样的担忧，爷爷这才知道自己想错了。因为相隔两地，很多未知袭来，且习惯的生活模式也被打破。于是，对于恋情产生担忧，也对自己一个人能否胜任生活产生了疑惧，这种种情绪与想法的产生其实是非常普遍的。再加上时代进步的同时，新的诱惑也越来越多，每个人的思想变化都会很快，就算近在咫尺都未必抓得住对方，更何况远在天涯。

所以你在信中所说的那些拥抱不着对方，感受不到对方的温度，也感受不到对方的表情，有的只是那冷冰冰的文字，让你心里特别没底儿，爷爷完全能够体会和明白。

不过，爷爷依然觉得，我们不能只看到异地恋的坏处，其实还有很多好处，爷爷来给你讲讲吧。

当恋人们异地时，需要自己搞定很多事情：譬如生活上的难题，换灯泡、取快递、一个人吃饭、一个人逛街等，这些事情两个人做是甜蜜，一个人做是独立。人，归根结底是需要自我成长与独立的，想想刚刚学会行走的孩子有多么急于走路、多么开心，你便知道了独立对于我们心灵的馈赠与喜悦。所以孩子，长久的朝夕相处之后，对一个人的依赖加深，却削弱了自己独立成长的可能性，何不趁着异地生活好好锻炼一下自己，让自己变得更厉害更独立呢？

爷爷还想起之前看到的一句话，觉得挺有道理的——异地恋之所以会失败，是因为双方只看到了距离。

很多人会把异地恋失败的原因归于距离，却没有看到很大程度上是双方一点一滴造成了这个后果。换句话说，就算不是异地，也未必见得就能将爱情进行到底。所以我们要用平常心去看待异地恋，不要被距离掩盖了最根本的问题。

那我们要怎样维持异地恋呢？

爷爷觉得最重要的是——沟通要走心。沟通不在于多，而在于走心，走心会让双方感觉到温暖、有安全感，更重要的是你能通过深入的交流去了解对方的思想、喜好、习惯因为异地而发生了怎样的改变，而不至于等到那天你才恍然大悟，无法挽回。

第二点——要尽可能地跟上对方的步伐，保持一致的进步。安排各自的生活，去学习，去进步，去充实自己，提高自己的身价，发现身边的精彩，这个过程中会伴随着你们想法和思维习惯的改变、成熟，也有助于你们找到和对方沟通、分享的事情，才不至于在再次见面时感到难堪。

第三点——两个人要拥有一个共同的长远的目标。很多时候，异地双方之所以会间歇性的悲观失望，对未来没有信心，吵吵闹闹，都是因为双方看不到未来，从而缺乏安全感。如果有一个共同努力的目标，比如一个团聚的时间表，勾画共同生活的场景，相信你们两人就不会再像之前那样迷茫悲观，做事情也会很带劲。

所以，不要先入为主地认为异地恋一定很苦，很难维持，成功率低，与其这样，不如换一种心态，把它看做是一段双方朝着一个方向变得更加优秀的路程，你会发现路上还有很多惊喜。

爷爷看到了你的专情，对他的那份爱，也同样相信他对你的心意。现在的你们彼此拥有着，所以努力走下去吧，只要心在一起，距离不是问题。

而且，在爷爷看来，不管结果怎样，你们的相遇都是一件美好的事情，你们给彼此的温暖和陪伴，将会是一生的美好回忆。

不要怕，时间会给你一切问题的答案。

加油，爷爷期待你的来信。

祝安好！

🕊 父母会同意我们在一起吗

爷爷:

你好!

我是个比较喜欢旅行和摄影的姑娘。

下面要说的故事像是小说里的情节一样,那么不真实,却又真实地发生在我身上。

今年年初,一个人到厦门。在厦门的第二天,早上很早起来去海边看日出,然后回青旅补觉。中午出来吃饭,在青旅大厅借前台的电脑传照片,顺便坐了一会,大厅还有一些休息闲坐的人,一个男生向我这边走过来,他也拿着单反,问前台有什么拍照的好地方,也顺便问我都去哪里拍照了。他也是一个人,然后我俩就搭伴一起出去了,骑单车再坐公交到目的地,一下午聊了不少。

他也喜欢旅行和摄影,走过了不少的地方,其中有我喜欢的西藏。在我看来,他是个有故事的人。傍晚回来,我俩一起去了他推荐的一家店吃晚饭,然后回青旅休息一会,又一起出来在海边看夜景。也是聊了很多吧。

很晚了，我们在回去的路上，经过一家海边清吧，因为在外面能听到里面的歌声，就在店门口的座位那里坐了一会，听了一会歌才走。走了几步，他问我，能牵我的手吗。他说是因为刚听到的歌中有一句词是关于牵手的，我也听到了这句，他说好久没牵过手了，我说好。他的手很厚实温暖，突然有一种踏实的感觉吧。

牵手沿着马路走了很久。厦门的晚上还是蛮热闹的，街上的店关门很晚。我们一直走，走到店开始关门，走到一个街角的时候，他说可以抱抱我吗。路边有台阶，我站在比他高一级的台阶上，我们拥抱了。他开始很温柔地抱抱，然后抱得很紧。我们没有说话，拥抱了一会，他表白了。

我开始考虑到我们的距离和年龄，可能一开始就要异地恋，他在工作我还在上学等一系列问题，但又聊了很久，我同意了。有一部分原因是他的成熟和经历，是我很欣赏他的地方。

第二天、第三天我们都一直在一起。他应该第三天就离开厦门，他把机票定到第三天的晚上八点多才走。这期间我们都很开心。

从那之后，我们一直是微信视频电话这样联系的。第二次见面是 2 月的情人节，他从家乡哈尔滨到我的家乡天津，1 天。第三次是情人节过后的几天我们一起从天津到他工作的城市青岛，6 天左右。第四次是我开学之后的清明节，我从上学的城市吉林到青岛，5 天。到现在为止，我们认识将近 5 个月，有 4 次见面，加起来不超过 20 天。

他 91 年的，我 96 年的，相差不少。我们都是独生子女。

他很照顾我，有时候会教我很多他觉得我应该知道的道理和一些社会经验等，他是个有主见、有责任心也很积极上进的人，我们很多的观点都一致，经济条件也差不多。他想跟我结婚，可是他想让我从天津嫁到青岛，跟他一起生活，一起过日子。

他把我介绍给了他的朋友、家人，我把他介绍给了朋友，家人我还没说，我打算到 7 月份再说，也就是我实习的时候再找个合适的时间、合适的理由告诉家人。其实我很想告诉家人这件事，可是我不知道爸妈能不能接受我们认识的方式，还有我们的异地恋，还有我们的距离和年龄，还有我们的未来。我很担心他们不同意。我不知道怎么跟家人说起这件事，我也不想放弃爱我且我爱的人，我不想让家人和他都难过。

希望您能给我一些建议，让我能更好地跟家人解释清楚我们的事情。

❋❋❋❋❋　　　　　　❋❋❋❋❋

孩子：

你好！来信爷爷已经收到了。

都说小说电视都源自于生活，看似荒唐的童话，何尝不是可以在生活中寻找到它的原型。爷爷觉得你的故事是那么的真实，也是那么的美好，一定有很多人羡慕着你，可以做着自己喜欢的事情，邂逅着喜欢的人。生活需要这样的激情，需要这样意外的惊喜。你们有着共同的爱好、一样的价值观，爷爷真心为你们感到高兴。

都说厦门是一个充满浪漫气息的地方，不仅是因为有大海拍打鼓浪屿的情怀，更是因为那里别致的青年旅舍，还有街角遍布的涂鸦，一切都像是美好爱情的发源地。其实对于这样的邂逅方式，很难让人不感到羡慕，男孩子满是套路，却依旧抱得美人归，也是圆满。

只是爱情终究只是起点，异地恋的辛苦，难以忍受的思念，每次分开的恋恋不舍，如何将这份爱情修得正果是最难的。

如果说要告诉父母，其实似乎还是有些早，因为你们相识到相知仅仅 5 个月的时间，在一起也不过小 1 个月。异地恋最大的特点，每次见面都会很开心很兴奋，你们会沉浸在甜蜜当中，因为缺少更多的时间让你们去相互发现彼此，相互暴露自身的缺点，然后去磨合包容，所以现在很难去预测以后你们会不会一直保持爱情热度，直到转化为亲情。

爷爷说的这些，肯定会成为父母们担忧的一部分内容，一是你们的接触时间还不足以让你抛开身边的所有去他的城市；二是据爷爷了解到的，天津的父母通常不是那么乐意让自己的女儿嫁到外地。不知道你的父母对此是什么样的态度。

所以爷爷觉得，问题的关键在于怎么样能让你的父母觉得他是个可信、值得托付的人，至于其他因素，比如眼缘的问题，那就只能顺其自然了。

在向父母坦白之前，平时聊天先探探口风，看父母希望你将来嫁去哪里，对未来女婿又是抱有什么样的态度和要求，包括对于你多大年龄结婚是他们预期的。多了解一些，再去决定什么时候时机成熟了告诉父母你们的事情。

趁这段时间，也可以再多了解他一些，不管是他的缺点还是优点，这样才能知己知彼，百战不殆。

祝愿天下有情人终成眷属！

Part 2

家庭

人们常说
家是一座避风港

人们常说，家是一座避风港。

每个孩子都渴望着家的温暖和关爱，渴望有一对能够理解自己、支持自己、认可自己的父母。

但是，我们不得不承认，人无完人，没有完美的父母，也没有人生来就知道怎么去做父母。再加上，父母出生的年代与孩子们不同，接受的教育和思想与孩子们也是千差万别，出现摩擦和矛盾，也是难免。

比如，我们遇到过靠自己勤奋努力取得好成绩，却被父母怀疑作弊，不知如何解释的学生；总被父母以爱之名过度保护着，想要挣脱牢笼的孩子；害怕有了弟弟妹妹，会失去父母的爱的孩子，等等。

其实，当孩子们慢慢长大的时候，父母不知不觉就老了，我们在责备他们不懂孩子需要的是什么的时候，得学会顺着他们，照顾他们的情绪，并且去理解他们的需要，而且要耐心一些，就像小时候他们对待我们那样。

当然，我们也在孩子的来信中，看到很多家庭中的累累伤痕，有背叛，有伤害，有暴力。

比如，在重男轻女的家庭里长大的小姑娘，受尽虐待，却无力反抗，只能以自残忘记痛苦；生病需要手术的孩子，因为家人不肯出钱治疗，只能让病情加重；亲眼看到父亲出轨的孩子，惶恐着不敢告诉母亲，等等。

不禁想起《悲观主义没有花朵》里有这样一句话："父母在每个人的生命里有着举足轻重的地位，你的生命，你最初对于世界的认知与信赖都来自于他们。如果在你尚且懵懂时，便遭遇了他们的背叛。那样的伤害足以让你对这个世界的信任感彻底崩盘，你很难再重拾曾经的热情与好感，所有的美好都与你无关，你放在这人世间的知觉感官已经木然。"

而我们，无法帮他们逃离漩涡，更不能让他们的父母回心转意，只有尽力给孩子们鼓舞和支持，引导他们去发现内心深处那强韧的生命力，哪怕得到父母之爱那么难，哪怕很痛苦。但正因为这些挫折，他们会比同龄人有更多见识、更多经历。

只要，熬过去，人生，还是属于自己的。

🕊 明明是一家人，却没有爱

爷爷：

你好！展信悦。

我不喜欢这里，对于我来说，这里就像一个铺满了轻薄羽毛的笼子……

我有一个父亲和一个母亲，还有哥哥嫂子和侄子，母亲口口声声地说着家里人最好，可是我知道，他们并不喜欢我。家里的所有人都很虚伪，我看得出来，他们看彼此的眼神里并没有一种叫做"爱"的东西。

母亲讨厌父亲，不，不是讨厌，已经算是厌恶了。

父亲在很久以前就有过妻子，生了两个孩子，后来带着哥哥娶了我母亲。当时，外公外婆很反对这桩婚事，可母亲却一意孤行。出嫁的那天，外公泣不成声。

但，从我记事起母亲就叫嚣着父亲毁了她的一生，说她瞎了眼才嫁给父亲，说父亲拿钱跟朋友花天酒地从没有顾过家，说父亲与别的女人不清不楚，说父亲带别的女人出去看星星看月亮，说她一个人带着我等父亲到天明……

父亲也讨厌母亲，说母亲强势，什么都要抓在手里，说母亲跟外面的不三不四的女人在一起久了，什么不干不净的都学回来了。

我什么都不懂，只知道他们几乎三天一小吵，五天一大吵。母亲哭过、闹过、自杀过，厕所的门被父亲用手砸开，血流了一地……

所以，从小我就非常讨厌父母在的假期，因为那只会是无休止的争吵和谩骂。多少个夜晚都会被疼痛折磨醒，母亲坐在床边的地上哭，手指甲深深地陷在我的手臂里。我知道，他们又吵架了……

还有我那个同父异母的哥哥，他不喜欢我母亲，也不怎么理我，有一次让我去买早点，我只是晚了一会儿没有去，他就说我贪污早点钱。我真是，不喜欢他。

但，母亲一直要求我，一定要比哥哥好，不能输给别的女人的孩子。每当我做错什么事，甚至于拼音拼错了一个音节，她都会打我，十几个衣架叠起来敲得变了形，木棍断了不知道几根，打掉过我的牙，嘴里全是血。她还说，我毁了她们家，说家里的一切不幸都是我带来的，说不该 14 天的时候把我捡回来……

后来，哥哥和嫂子奉子成婚，我母亲更不满意他们，说我嫂子懒，什么都要她自己做，做完了还受嫂子的气，住在一起也不交生活费，都是母亲来承担。

吵来吵去的结果是，哥哥和嫂子搬出去住了。但我父亲说，是我和我母亲赶走了他们。

随便他怎么说吧，反正在他眼里，我也是形同虚设一般。

不过，父亲认为，脸面比什么都重要，所以就算去哪里，见什么人，表现的都还是一家人一片和睦，没有争吵，没有不开心的事情，至于私底下的事情，又有几个人能明了。

爷爷，你说，人……究竟为什么会存在？明明那么虚伪，那么不堪。

我还是更喜欢玩具熊，毛茸茸的，永远只会对着我笑，只要我给予它温暖，它就会反馈给我。

❋❋❋❋❋❋　　　　❋❋❋❋❋❋

孩子：

你好！爷爷看到你的来信了。

读着你的经历，爷爷心痛不已。这样的成长经历，这样的家庭环境，让人心酸无奈。经历这些，实在艰难。

孩子，你没做错什么，是大人世界的种种纷争一直在伤害你。很多时候，他们没有资格为人父母，**或许他们自己的成长环境就很糟糕，他们没有好的父母，也没有学过怎样做好的父母，所以他们无力善待孩子，无力尊重他人。**尤其是你妈妈困在自己的情绪里，无力排解，就拿你当出气筒，却从来没有想过自己的言行对孩子造成的伤害与影响。

他们的生活混乱不堪，他们互相伤害，他们彼此折磨，他们各自有自己的问题，自己的局限，他们无力面对，无力解决，这些本都与你无关。你要学着躲开，学着抗争，避免让自己受到更多伤害。

所幸，还有那只玩具小熊陪着你。它是你的伙伴，你的朋友，你的亲人。它温暖柔软，它安全，可以依靠。它也不会伤害你，孤单无助的时候它可以倾听你，可以依靠。你也可以试着走出去结交属于自己的朋友，寻求情感支持和安慰。

快快长大吧孩子，长大了就可以自食其力，可以离开，可以有能力保护自己。**就像一颗树种子，父母给了我们需要的水与空气，也给了阻碍我们的一块又一块的石头，我们在长高了，也为了成长而长歪了、扭曲了，但随着我们长得越来越高，受到的阻碍越来越少，我们能通过学习他人的智慧，长成自己希望的样子，或者说我们作为种子本来的样子。**

所以，爷爷希望你不要放弃，要顽强地活下去，以后能努力争取属于自己的生存发展空间，能够结束父母这样的悲剧。

起码，在这里，杂货店有人在意你，有人愿意听你诉说，有人愿意陪你长大。

冬安！期待再看到你的消息。

我的父母是离异的

爷爷:

您好!

我的父母是离异的,我小时候经常遭受母亲的虐待和辱骂,甚至我总感觉到她想杀死我。我不明白,大人们把婚姻当什么,把家庭当什么,我觉得自己的出生就是多余的。如果他们这么不负责任,为什么当初还要结婚,还要生下我呢?

后来,差不多在我8岁的时候有了继父,他对我的要求很严格,要我学很多东西,不准我玩乐,我不能像其他小朋友那样生活。可能从那会儿起,我就不知道快乐的感觉是怎样的了。

都说有爱才有家,可是我没有感受到爱,也就没有了家。

久而久之我的性格开始变得孤僻,虽然在外人面前尽量伪装自己很完美、温和,是个理性派,其实我经常发愁,不好的事情深深埋葬心中,我不愿意露出来。不知道是顾虑,还是我不愿信任他人,甚至我也很厌恶自己。

我有抑郁症,曾经还有过自残。手腕至今还有痕迹。因为家庭的原因,我认为即便父母给予足够的物质的爱,精神上是匮乏的话，那不是真的爱。甚至是有些父母根本不顾孩子愿不愿，就早早带到这个世上，扭曲成他们认为顺眼的样子。

爷爷，其实，我在16岁那年跳楼过，结果自然是没有死成……我也有想啊，要是我没有出生就好了。

熬过了自杀的那段时间，我想，或许以后会慢慢地变好，即便是我依然很迷茫该怎么去做，即便是我依然很痛苦，但将不好的事情压抑在心底，也一直是我自己的选择。

要突然走出来很不容易，因为不好的回忆真是太多太多，黑暗也会时时回来造访，忘掉悲伤的回忆也绝对不是短时间就可以做到，最可怕的莫过于内心。

爷爷，我也想变得乐观。因为再这样下去，或许我会抑郁到死吧？其实也因为，或许这样会对精神有很大的伤害。您觉得呢？

也许我需要融入一个正能量的圈子，来改变自己的悲观，远离会影响我的人。但我不知道能否做到。

我尽量努力地活下去，让自己变得乐观。去感受外界的善意，去感受自己在20多年中丢失太多的温暖、快乐、感动、自由。

期待您的回信。

✸✸✸✸✸   ✸✸✸✸✸

孩子：

你好！来信爷爷已经收到。

小小年纪经历这样的伤痛折磨，其中的心酸痛处大概只有自己才能体会。

爷爷在信中能感受你绝望的心情和冰冷的内心，家庭的破碎让你备受创伤，成为心上无法抹去的伤疤。这道伤口，伴随着孤独和眼泪。

不过，爷爷觉得**我们要感谢自己，在过去的艰难日子里依然如此顽强地生活着，成长着。**

你问爷爷为什么而活，我想大概这样的问题，我们都问过自己，也都有一些时候，感到无奈和无能为力。

其实一个人自我的建立，一定会涉及这样的疑惑吧。面对生命，**我们其实都过得很辛苦。不过，爷爷始终相信，人生会苦一阵子，但是不会苦一辈子，你现在所受的，就是为了以后很好地生活。人都得经历这个过程，才能淬炼出生命的精华。**越是在这样的缺少爱的缺少温暖的环境里，我们越是要自己疼惜自己。

虽然，我们借由这个家庭降临人世，但这并不等于我们就是这个家的附属品，我们也是一个有着自己思想的独立的人，我们有能力在艰难的环境里，努力挣扎着掌握我们自己的命运。哪怕得到父母之爱那么难，哪怕很痛苦，但正因为这些挫折，你会比同龄人有更多见识、更多经历。你的人生在这里，并没有被定格。

我们可以努力考取一所好的学校，将来去做我们喜欢的事情，把我们的人生过得很精彩。

当然，要从红尘俗事的枷锁与纷争中醒来、放手，真是不容易，这需要修行。

　　我知道，母亲的所作所为让你对亲情失去了希望，继父的存在则剥离了你想要的快乐，自由，大概从那时候起，你开始习惯没有温暖的日子，渐渐地，可能在你不自知的情况下，你开始选择不去接受那些温暖，你让自己感受到的都是这个世界赐给你的痛苦和难过。

　　如果你想要改变，我们不妨就先试着，改变自己看待这个世界的眼光，学会发现和接受温暖。

　　其实爷爷能感受到，你内心还是有着期待的，你在累积力量。

　　那么希望你可以如冬天里的梅花顽强、乐观地生活，因为在这清冷的园子外面还有爱的阳光，还有很多美好的东西等待你发现和遇见，你值得去拥有更多温暖、感动、快乐、自由，试着去找回自己曾经丢失的那些美好。往事终将随风。

　　愿你始终有充分的忍耐去担当，有充分单纯的心去信仰。

　　加油，爷爷会一直在这里陪着你。

13 岁那年，我离家出走

爷爷：

我从小活在仇恨里，这个世界于我大概就是冰冷的吧。

活着，对于我来说，是一种奢侈。每天的每天，每时每刻都挣扎徘徊在死亡还是活着的苦恼中。再忙碌的工作也不能减少一丝我那厌世的情感。

不是一个矫情的人，这场感冒拖拖拉拉快一个星期了，总不见好。在这大热的夏季，感冒了，我该是有多么的无奈呢？和无数场大病小病一样，一个人在异地他乡的，没有一口热水，连一床可以使自己温暖的被褥都没有，从衣柜里搬出沉沉的医药箱，翻找着能用得上的药品。还记得很多年前的自己因胃病痛得苍白，也是这样攀爬衣柜找药品呢。似乎总是如此。

我以为这些年，我这个胆小鬼，早就逃得干净利落了，却没有想到，烙印在身体上的骨血，挣不开，逃不掉，世人歌颂的血缘亲情，在我这里却是捆绑束缚，也是一种莫大的讽刺，无可奈何。

不被期盼的生命，早在出生的那一刻，因为"女孩"二字被宣判了死刑。原本他们已经要把我卖掉，但当地的有些神婆类的人，看着母亲再次怀孕了，说第二胎是个男孩，说我可以帮弟弟挡灾。迷信的人们总会相信那些子虚乌有的事情，爱子心切的父母，就把我这个女娃扔在舅舅家里养着。

不懂事的年纪，总会被那宣传歌颂的美好打动，流着泪不厌其烦地追问"为什么偏爱弟弟，不要我"，但得到的回答永远都是："你一个女孩子活着还有什么意义，怎么不去死的啊，想跳楼赶紧跳，咱家六楼，不至于不死，想跳河赶紧跳，小区后面就是河，没人拦你。"

我当着他们的面吞下了整整一箱的药品，没人阻止，只是冷漠地看着。那杂七杂八的药入了口，进了胃，不记得了，等我醒来的时候，空无一人，痛到无法形容，分不清是哪痛了。虚弱，黑暗，我蜷缩着，不知道多久了，睡了醒，醒了睡。饥饿，疼痛，昏睡，无人问津，这就是最接近死神的时刻了吧？

其实我死过无数次，不知道是这年头的药品都是假冒伪劣呢，还是医院的医生太负责任了，一次又一次地让我远离我梦寐以求的死亡。大概我这样的人是无药可救的吧。

如果生命就这样将就下去，直至我成年也没什么不好的。可不幸的却是，溺爱的孩子终究是会出问题的，初中的弟弟患了精神病，从六楼跃下，遗憾的是没能脱离父母，仍苟活于世上。而父母却把责任归咎到我的身上，他们把我从学校抓回家，请了远方的法师什么的，在家里作法，说我是妖魔鬼怪，要驱逐我。

我终于懂了，如果不喜欢你，那么你再好再优秀，还是不喜欢你的；哪怕你再不好，喜欢你仍然还是喜欢你的。

那年我 13 岁，离家出走，那一次的离开定格了我到现在的人生。

12 年的时间，我仍旧像浮萍一样，流浪到哪算哪，找不到活下去的借口。《盗梦空间》里说：死亡不是终点，是一扇门，那么门后的世界会比这个世界温暖点吗？

有了解我的人，总爱劝我放下曾经的一切，可是他们不知道的是，不是佛不渡我，是我自己懒得渡自己罢了，虽然随着时光流逝，痛苦也会消失。但是，那又咋样，我并不想要时间来治愈一切。我要让那曾经的经历，曾经的痛苦，深深地刻在我的灵魂上，那是活着才有的痛苦。

✤✤✤✤✤✤   ✤✤✤✤✤

孩子：

你好！展信悦。

看到你的来信，读完你的故事，爷爷心里很不好受，眼角止不住地流泪。了解到你此刻正在感冒，身体正是最虚弱的时候却没有一个能端茶送水的人在身边，爷爷很想抱抱你，但也只能与你隔着这缥缈的网络说说话。

希望你能好好照顾自己，快点好起来。你相信吗？身体和心灵是有联结的，当你的身体从病痛中好起来的时候，心情也会从谷底开始向上反弹。

你看似平静地讲述了自己的身世，将自己的生活和灵魂深处的东西娓娓道来。爷爷能感受到你对这个世界的厌恶，也很心疼你的处境，但同时也还有一份深深的感动。

我知道那些缺失的温暖都无法再次弥补起来，那些刻薄的话语和指责都无法收回，但你在经历了弟弟的事故、父母的归咎与驱逐，还是没有放弃自己的生命，虽然你一再强调厌世、死亡，爷爷依然在你身上看到了强大的生命韧劲。

看到你最后的那句话，想让曾经的经历和痛苦，深深刻在你的灵魂上，那是活着才有的痛苦，用伤害自己证明自己存在，用获得痛苦来证明自己还活着，这让爷爷感觉到你向死而生的生命力。

或许你可以想一想，这样的生命力是从何而来的，它是如何从你身上长出来，支撑你熬过这么多年的？小小年纪的你，靠一人之力撑起自己头顶上的世界，真的很让爷爷佩服。

是的，每个人都会希望自己有一个完美的家庭，有一对能够理解自己的父母。但往往事与愿违，并不是每个人都能够拥有这样的幸运。我们无法选择自己的出身，但却依然可以决定自己的未来。**生命就像是蒲公英，可能会飘往各种各样的地方，有重新成长的机会，也有这样的能力让自己获得那些失去的爱，最终每个人都会有自己最终的归宿。**

所以要活下去不需要借口，只是我们想要活下去而已，哪怕人生苦难，世事艰辛，哪怕现在如浮萍一般漂泊着。人生的篇章书写到这里，还远没有被定格，人生始终都在继续，而这些将会是你未来很宝贵的财富，而有未来就有希望，你觉得呢？

现在，你是否愿意回信和爷爷聊聊未来呢？或者聊一聊你期待的生活是什么样的。

爷爷不知道死亡的那扇门后面是什么，但爷爷知道，至少这里，有间杂货店，始终愿以善意回应每一封来信，努力为不开心的孩子打开一扇快乐的门，希望能让你感受到一丝温暖。

加油！好孩子，即便流浪在路上，也要关照好自己。无论发生什么，爷爷始终都会陪着你一起度过。那些积压在你心底的话，不妨就把它们都写出来吧，或许当你面对它们的时候，就更加强烈地感受到自己的生命韧劲。

爷爷也鼓励你试着去温暖别人，爱是相互的，你也会得到更多人的爱，感受到这个世界的温暖。

🦆 好希望能被爸妈公平对待

亲爱的爷爷:

　　我不是独生子女,我和我弟差挺大岁数的。在他们没有出生之前,我从来没有想过偏心是什么。但是他们出生之后,身边亲戚都会开玩笑地说,你爸妈最疼的不是你了。虽然我知道他们把这个话当玩笑,但是我是真的当真了。因为我自己是当事人,我知道到底有没有偏心。实话说,我觉得是有的。我有时候会开玩笑跟我妈说,我妈就说因为他们比较小啊。没疼你,你怎么长这么大?

　　其实,当爸妈隔着我夹菜给我弟弟却不在意我有没有吃饱的时候;当他们看着我被那个特别调皮打人特别痛的小弟弟打,却不管不顾的时候;当他们答应过我的好多事都没有办到的时候;当我们一起回老家,下车我喊奶奶,她却对我不理不睬,只是对弟弟嘘寒问暖的时候,我就知道我做得再怎么好,在他们心里我也不可能最受疼爱。我知道弟弟还小,需要更多的照顾,但是也没必要对我这么冷淡吧?

　　今天晚上,我跟我妈抱怨说我今年一件新衣服都没有买过，然后住宿费买书钱啥啥的也是我用我爸给我回老家的钱自己出的。我妈听了，就找我爸拿了300元，说把交住宿费的钱还给我，补偿我没买衣服。其实我想要的不是这个，我想要的只是公平的对待，他们能多关心我一点。

我爸是个很冷的人，但是他对我弟弟却不冷，他们之间总会互相逗乐子，可接我从学校回家的路上，即使五天不见，我们也还是静悄悄的。

我爸妈还老是喜欢因为一些小事说我是白眼狼，说我弟弟比较有兄弟情啥的。其实我听到这些真的很难过，在我现在这个不会赚钱的年纪，我会用自己的零花钱去给他们买东西，我弟弟想吃我已经夹到碗里的东西，我会主动给他们，可我爸妈还是老是说我没良心、白眼狼啥的，真的很不开心。

我真的不知道我该怎么办，望您能告诉我该如何处理自己的情绪。

❊❊❊❊❊❊   ❊❊❊❊❊❊

孩子：

你好！

爷爷收到你的来信了，也了解了这么多年来你和弟弟相处中所受的委屈。借着这封回信，爷爷想先给你一个拥抱。

爷爷看得出你真的很爱你的家人，所以很在意他们是否关心你，很在意他们说的那些话、做的那些事。你也很懂事，很会照顾他们，但你也希望得到父母的关注和重视。爷爷觉得这个要求一点都不过分，哪个孩子不希望得到父母的爱呢？

自从国家的二胎政策放开之后，常有孩子来信说担心有了弟弟妹妹，父母会冷落自己。确实，爷爷也**认为感情这东西是会被摊薄的，一碗水端平的情况很少见。每个孩子都渴望得到父母完整的爱，这是人之常情。但换一个角度想，就算父母给我们的爱少了，我们还会有兄弟姐妹之间的手足情，家庭生活也会多一些体验**，不是吗？

爸爸疼爱弟弟，我想一方面是因为他最小，另一方面因为他们都是男人，可能会有更多相同的兴趣爱好、更多的共同语言。就好像我在我女儿小的时候，有时候都不知道跟她说什么一样，虽然心里无比疼爱她，却总还是觉得不知道怎么跟她聊些女孩子感兴趣的话题。

我们常说"多子多福"，对父母来说，多一个孩子便多了一份安慰，当老大离家之后，还有另一个孩子能陪在身边。

我们中国人的家庭观念都很重，既然孩子们早晚都要去过自己的人生，父母们也终会老去，多生几个孩子，彼此有个陪伴，有个照应，也有个牵挂，这才是家的延续。

我们应该感谢父母，给了你和弟弟或妹妹生命，他们未来也会是你在这个世界上最亲的亲人。不论他们待你怎样，至少母亲在生你的时候忍受着难以想象的疼痛，鼓足勇气把你带到这个世界来。这一点，就是我们用百万千万也无法补偿的。你的成长过程中也有粘人的时候、调皮的时候，也会因为对这个世界没有认知，而会去做些危险的事情，提一些无厘头的问题。现在你安然地长大了，一路走来，他们也付出了很多的心血，

不是吗？

你比弟弟大，在他没出生之前爸妈也是独爱你一个人的，你是唯一享受过父母独宠的孩子。后来爸妈稍微偏爱了弟妹一点，也是应该的。

你问爷爷该如何处理自己的情绪，我想，最好的方式，就是去表达。

情绪就像是水，如果把你比作一个杯子，当你这个杯子装满了水，那可能别的什么都进不来了。哪怕有理解、有体谅、有爱，只要情绪一直在杯子里，其他的就都注不进去了。所以，处理情绪的第一步是要有宣泄。不同的人，宣泄的途径不一样，最佳的方式当然是和他们去沟通，得到真实的反馈，大家达成共识。

所以，你感受到的委屈应该坦诚、耐心地告诉他们。**很多时候啊，对于亲近的人，我们内心深爱着，却不知如何表达尊重与这份深爱，所以伤害才会不时地发生。特别是在孩子们年少的时候，热血冲动，用尽力气表达着自我的个性，可能也在无形中伤害了父母。**

你是第一次做孩子，父母也是第一次做父母，尤其，他们第一次做几个孩子的父母，他们也同你们一样，在摸索中成长。如果不告诉他们，你需要的是什么样的爱与支持，也许他们也不清楚他们表达爱的方式错了。

有时候，理解有了，包容的余地就大了，你说是吗？

如果你并不是想要钱、衣服或是其他的东西，而是想要被公平的对待，多关心你一点，那么不妨直接告诉你的父母你最想要的是什么。有时大人真的会很笨，不懂得去理解孩子的真实需要；又或许是因为他们觉得你长大了，你已经独立了，所以对你的关注没有以前那么多。

爷爷想，如果你愿意多和他们说说你的心里话，他们就会更加了解你、懂你，也许就不会对你冷冷的，老是误解你了。

期待你的来信，祝好！

父母的压力让我喘不上气来

爷爷：

　　您好！

　　无意间发现这个 APP，突然就感觉心有些踏实。终于有地方可以好好说一说了。

　　我出生在一个白手起家的家庭里，现在家庭条件还不错。从小到大，我都被父母保护得很好，小时候很多事情，其实我本不愿意，但出于父母的意愿我还是去做了。但是慢慢长大，我开始有我自己的想法，有想要做的事，有想要成为的人。可是，父母在这时候一直拒绝我的想法。

　　去年，我参加了高考。我的成绩一直都不怎么稳定，也没有发挥得很好。但父母对我期望很高，一心想让我上重点大学。偶然间，他们发现 D 大的 XX 学院分数线近几年都很低，而且 D 大是允许转专业的，就给我报了名。

　　我考上了，然后父母就一直催着我准备转专业。

　　原本，我在 XX 学院不需要学高数 A，而转专业考试要考这个，逼得我只能去读。当时还挺有信心的，可一个学期下来发现真的好累。同样在上课的其他学院的学生学得好轻松，最后分数还很高，八十几或者九十几。我每次认认真真听课却觉得很累，题目有好些不会做，虽然刷了一些卷子，但是没什么成效。

其实我初高中的数学都不是很好吧，每次期中或期末考试总是败在数学上。我感觉人是有"天赋"这种东西的，比如语文，我不用花很多时间就能很轻松考到班级前几；英语也不能说很好吧，但是如果花时间，成绩还是能保持在前面的。

但我的父母好像不能理解。我爸当年理科成绩非常好，近乎满分的那种。他们认为我只要付出努力就能考高分。我在数学上花的时间比文科高出很多，但就是没有成效，我更相信"天赋"或者"擅长"之类的东西。

渐渐地，我对转专业考试就有点退缩了。

说到这里也许你会建议我和我父母沟通，但我真的，很难做到。

上初高中时，但凡有事情跟他们沟通，只要不合他们心意，总是暴跳如雷。我还没说完，两个人就轮流高声训斥我。我哭的时候他们会说不会因为眼泪同情我；有时候抱怨他们不理解我，他们会说我没有感恩的心，连自己的父母都不能好好对待，更别提我对待其他人的态度。这话在我听来太偏激了，我对周围其他的朋友都挺好，也能愉快相处。

就因为他们觉得他们是父母，所以我必须包容他们的缺点。比如我爸，脾气非常急，有时候我心情不好不太想说话，听到他的问话回答得慢了些就会一个劲儿说我。但有时候他心情不好，我问他问题，问个三遍也不会回答我。我觉得，尊重起码应该是互相的吧……

关于不太想转专业的事也沟通过三次，每次都是说好了平静交流，但当我一提出"不想转专业"的想法，他们便会情绪激动，然后一个劲儿说我。

一次是去年10月上学时候，他们特地赶到我大学里来说了我一通。一次是寒假刚开始，1月份吧，在我们的新家狠狠骂了我，说我不讲道理，让我做决定。我只能说转系……最近一次是大年初一，我尝试再次沟通，但话说了一半我爸就摔门而去，我妈在我房间里大声说我不是在新家已经说好了吗，然后又逼我做决定，我只能说那就转系吧……但真的有点迫不得已。

我已经不想再说第四次了，已经有点绝望。可我真的对转专业信心不大。我现在每天起来都非常难过，做的梦也不是很好。我无法和我爸妈沟通，真的很绝望。

爷爷，这封信很长，真的谢谢您能读到这里。这是我最大的一个烦恼担忧，而如今我却不知道该怎么办。我想做自己，真正的自己，可是父母给的压力，我实在是喘不上气，我也没有足够的勇气能无视他们大胆地去走自己的路。

可是我现在每天都过得很痛苦，像在油锅里一样煎熬。

请帮帮我好吗？真的多谢。

孩子：

你好！

每一次收到来信，爷爷的内心里都会升起无法言表的感动，感动于孩子们的信任，感动于所有小义工的努力。正是所有人的全力以赴成就了杂货店的今天，爷爷真的非常欣慰。

其实，每当孩子们提起和父母相处不好的事情，爷爷就很矛盾，既能理解你们的烦恼，但同时身为人父也能体谅父母们的苦心。

以前，爷爷也总担心女儿，老是想管她，经常打电话唠叨她，后来渐渐地她开始主动给我打电话，问候我关心我，也唠叨我一些事情，跟我分享一些她工作上很不错的成绩。我忽然觉得自己在被女儿照顾，女儿长大了，独立了，我也就对她很放心了，我们现在相处的很不错，大概彼此都找到了对的相处方式吧。

想想看，你平时和朋友们在一起会不会有争执，会不会有摩擦？爷爷猜，肯定有。和爸妈相处也是一样的，甚至会更容易不耐烦。因为潜意识里大家都知道，最亲的亲人不管怎么吵，都不会失去，也不会受到伤害，所以比较没有耐性；而且缺乏克制。

不过，听了你的故事，爷爷觉得你还是个很幸运的孩子，因为你有一个温暖幸福的家。我们先来给“家”这个字做一个拆字。你看，宝盖头遮住了外面的寒风冷雨，一横三撇是家中人的期盼，向外的两撇是在外的人对家的眺望，一个竖钩，把全家人紧紧地系在一起。家是温暖的，它是传递爱的火炬，穿过温暖湿润的春天，跃过寒风凛冽的冬天，家永远是家，是容纳着爱的天地。有多少孩子因为得不到家庭的呵护而耿耿于怀，而抱憾终身，如果他们听到了你的故事，肯定羡慕得要命呢。

爷爷之前看到过这样一段话：童年时妈妈没有关注我，这是我没有得到的东西，因此也被我认为是最好的东西。于是我把过多的关注给了我的孩子，但我没有想过，我的孩子是否需要？孩子要的也许就是他没有得到的东西：自由。

是的，中国父母对孩子的爱，真的是怎么都不嫌多，这也是和国外父母最大的差别。国外的父母都在培养孩子独立的人格，而咱们中国的父母却恨不得把孩子的一切都管起来，以所谓保护和爱的名义，掌控孩子。他们以为占据了经验上的优势，就以父辈的权威，反对甚至否定孩子们的各种想法，将孩子们置于孤独无援的境地，也给孩子们造成了巨大的心理压力。这一点无疑阻碍了孩子们的成长，但很可惜，大多数父母并不会觉得这有什么问题。

你看，现实就是这样的，从小到大，**父母习惯了你万事听他们的话，所以当你尝试反抗的时候，他们就会暴跳如雷，感觉不可思议。而你也习惯了听父母的话，没有表现出太多的主见，所以看到父母生气，自己的内心也就怯弱了，不敢坚持自己的决定。**

事实上，**每个人都是独立的个体，世界上不存在比你更了**

解自己的人。**父母虽然给你指了一条未来的道路，但这其实只是因为他们凭借他们的成功模式复制的。这一定是为了你好，但这的确未必适合你。其实也是因为他们担心你自己搞不定，还没看到你能够独当一面的能力，所以忽视了你本身的想法。**

不管后面怎么做，爷爷建议你首先要想一想：你究竟是否要转专业。要全面分析目前的情况，要很冷静地帮自己梳理清楚，不要被周遭的环境扰乱。做决定之后，后面就是你要承担这个决定之后的责任，这是你自己的人生，爸妈不可能管你一辈子，也不能够一辈子为你做主。等你想清楚这些，就会更有底气去和父母沟通。他们听到你的想法，关键是感受到你对自己的未来有思考，有规划，就会放心很多的。慢慢地，他们也会懂得孩子都要长大，都要学会自己飞，不能一直庇护着你。

另外，爷爷建议你，不要只为这件事去和父母沟通，平时要多多分享一些生活里其他的事情，而且要主动跟他们说你做了什么，你独立做了什么事情，你最近思考了一些什么事情，让他们感受到孩子长大了，而且想法上也越来越成熟，也愿意和爸妈分享，慢慢地他们会越来越放心，你也不会有那么大的束缚感，而且也会越来越有自己的主见。

爷爷很支持你去追寻自己的梦想，带着勇气和力量去改变现状。哪怕未来会有挑战和考验，也要相信自己有能力去面对它们。如果你需要心底的一份支持和陪伴，爷爷也愿意在这里和你一起，陪着你走过这段时光。

试试看吧，好孩子！

🕊 面对家暴，有时候真想放弃

未知的你：

也不知读信的您是谁？先友好地打声招呼——你好！希望这个神奇的世界能带来一些神奇的东西。

我也读过《解忧杂货店》此书，对书中能被爷爷解忧的孩子十分羡慕。我有幸在这里写信分享，也是一种缘分。

我是一名正在上学的大学生，现已大二。我所处的家庭环境，带给我了许多负面影响。我的父亲是一个有家暴和行事一意孤行的人，母亲性格刚强直爽，不甘放任自流，我的父母也因此分居两地。我的生活来源都来源于我的母亲。母亲为了不影响我的学业，一直没有离婚。我和母亲一直处于一种诚惶诚恐的环境中，也不知所措。

有很多时候，我给我的父亲讲了数不清的道理，不知是三观不一样，还是他觉得我很幼稚，他没放在心上。另外父亲一直有些贪图享乐的想法，2009年父母亲打算买房，母亲出了一半的资金，剩下的父亲贷款支付。2013父亲有想买车的念头，结果做法一样，母亲出一半，他则贷款。家中一些较为贵重的家具，几乎是他找母亲拿钱置办的。平日里父亲也随时说着这些豪言壮语：等我有时间就去日本旅游一趟，车要换成二十几万的好车。我听到这些，心里也只能呵呵……

家里两位老人仍在，现已 70 高龄。由于父亲没有钱（父亲的钱 70% 还贷款，剩下的自己生活费），爷爷奶奶仍在农村务农，自己养活自己。前两年奶奶生病和今年生病（很严重的那种），父亲也只是开车回去，向爷爷伸手拿钱给奶奶看病，照看了几天说耽搁上班了。到头来奶奶病还没好，就走了。最后只能父亲的妹妹来出钱并照顾奶奶。因此，父亲妹妹的婆家很是有意见。面对这种情况，我真的很是气愤！但我一个没有经济来源的学生，也只心有余而力不足。

由于我是个男孩子，加上我在农村生活了 13 年，面对家暴、辱骂和环境的苛刻，有时挺想放弃，但我依然内心坚持着。我不知因为这种环境，还是因为自己的原因，我讨厌自己的身世和家庭，我逐渐开始厌恶生活。虽然身边的人有时会给一丝温暖，但也不敌这内心的阵阵寒意。我也有时想改变这种状况，努力学习，对生活充满希望的火苗，但常常有一盆冷水让我猝不及防。我始终觉得人起于根，根就是我们的家。根如果都坏了，我们的生活也会煞白无色。

现在的我几乎在浑浑噩噩地过日子。我迷路了，找不到方向……

❋❋❋❋❋❋   ❋❋❋❋❋❋

孩子：

展信佳！爷爷收到你的来信了。

首先，很感谢你的信任，愿意和我分享你的心事。

读完你的故事，爷爷和你一样，对你的父亲充满了无奈和不认同。很理解你的愤怒与沮丧，同时也能感受到你对母亲的爱与想要保护她的心。

不过我想，父亲带给你的苦恼并不仅仅是处理家人和生活的不负责任的态度，更多的是你心中对父亲应有的高大形象的渴望一次次落空，在你的心里造成了不可磨灭的阴影，是吗？

虽然《礼记》中说"父不言子之德，子不言父之过"，但社会开放的今天，我们都可以开放式地去讨论各自的观点与对错，况且你也有足够的辨别是非的能力。当你父亲的做法有瑕疵的时候，你有谏言的权利，给予建议是对的，是否接受和听取则是他的自由。

其实，原本夫妻一起过日子，生活中难免会有矛盾，这很正常。但在处理矛盾方面，有人会解决得比较好，有的人却诉诸暴力。换个角度想，任何一种诉诸暴力的行为，反而是最软弱无力的。因为他无法通过别的方式去解决问题，只能将愤怒发泄到身边的亲人身上。所以，你的爸爸，也只是一个可怜的人罢了。

倒是你的母亲这些年来真不容易，一定是吃了不少苦吧。还好，他们现在已经分居，她的处境比起从前应该能好一些。而且你也已经长成，二十多岁有了足够的劳动能力，现在学校里都可以勤工俭学，兼顾学业同时尽量帮衬母亲，也能分担一些。

爷爷始终相信每个人的自愈能力都很强，只要不去刻意流连那些过往，就能在伤口上长出新的枝芽。那些枝芽，是属于你自己的，你可以塑造它们，包括重塑你自己的人生。

虽然在这样的家庭环境中成长会让你比一般同龄孩子承受更多的压力，但这绝对不是你面对生活退缩的理由，你和父亲终究是两个独立的个体。把自己变得强大，至少能保护你爱的人，至少要有担当。

当然，这需要时间，也需要能量。那种能量来自一种态度，那就是慢慢地积累那些正能量的东西，多看书，多运动，广交朋友，甚至养一只小宠物，好好爱它。从付出你的爱开始，慢慢培养自己爱的能力，这样，光亮才会赶走阴霾。你觉得呢？

期待你走出阴影，变得勇敢！期待你成为一个真正有担当的男人！

也期待你的再次来信。

[Part 3]

异乡人

独立生活的这一刻
需要更多的毅力和坚持

祝好！龙应台《目送》里面有这样一段话："我慢慢地，慢慢地了解到，所谓父母子女一场，只不过意味着，你和他的缘分就是今生今世不断地在目送他的背影渐行渐远。你站在小路的这一端，看着他逐渐消失在小路转弯的地方，而且，他在用背影默默地告诉你：不必追。"

是啊，总有一天，孩子们都会离开父母去外面闯荡，但独立生活的这一课，真的不容易，也需要更多的毅力和坚持。

特别是小小年纪就漂洋过海去留学，面对文化差异、种族差异，交流难，交友也难，如果适应能力强，那么很快就能完全融入；否则，免不了陷入孤独、自卑、无助的境地。

之前网络上关于大城市的一张床，还是小城市的一套房的辩论炒得沸沸扬扬，两种声音的碰撞，其实也更多是孩子们内心的矛盾。外面的世界的确精彩，却也充满无奈，有的人逃离了北上广，有的人又不得不回到北上广，来来回回地折腾。

因此，我们得对自己真正需要什么和自己需要面对什么有个很好的了解。

如果需要家庭的温暖，更喜欢在父母膝下的感觉，那就回家，把父母的唠叨当成是爱的呢喃。

如果要寻找更刺激而多彩的生活，并希望能够证明自己的实力，那就留下，勇敢面对高压竞争。

无论如何选择，都要听从自己真实的需求，并且做好准备。

🕊 平安地活着，就是幸运

爷爷：

您好！

收到你的回信很开心，也再一次被信的内容所打动，遣词造句间透露出细腻的温暖。可能是看字母拼写的单词久了，看到汉字总是别样亲切。

我在想，你每天会是以什么样的心情打开这一封封记录着人间百态的信件？

然后又是以怎样的心情字斟句酌地精心回复这一颗颗充满期许的心？

这肯定不是一件容易的事情，但这绝对是一件有意义的事情。而且我相信，以爷爷的阅历与文笔，一定能为散落四海的人们带去温暖与安定。

今天写一写自己的遭遇吧……

2015 年 10 月，我遭遇了一场非常严重的车祸。

有多严重呢？

昏迷了 54 天，肋骨一边断了 8 根，一边断了 9 根，肺部出血，脊椎第1、3、5、7节断了。

本来2015年8月份兴高采烈地从武汉大学毕业,再兴高采烈地来美国,很开心自己被一所全球排名前20的学校录取读硕士。

本来以为自己一直会这么一帆风顺下去。然后和同学一起出去玩,回来的时候因为司机疲劳驾驶,遭遇了非常严重的车祸。

当然,这些都已经过去了。

车祸不久,大概还对司机心存怨恨;又觉得怎么会有这样的同学,出事了,半个小时都不知道报警,还是路人看到了报的警,事后从未赔礼道歉。现在已经不这样想了,大概觉得同学年纪小,害怕吧。毕竟把别人害成这样,自己怎样也不会心安的。自己也是心太野,刚来美国就想在秋假出去玩,而且任何计划都不事先做好。还不系安全带,想着国内坐后排没事,在美国也会一样的。活该发生这样的事情。

当然现在的自己也不打算继续读书了,毕竟对自己的专业没多大兴趣,而且父母都在国内,自己也不能把他们撇下,留在美国发展。所以打算放弃了,花父母这么多钱来美读书,怎么想都不会心安。很害怕自己的父母将来会和《重返二十岁》里一样,到了去世的时候都不会有人去签离世报告。

也不知道这个决定对不对。

自己已经对遭遇车祸这件事彻底看开了,人生一个经历罢了,只是这个经历坎坷比较深而已。不管如何,还是常常感到庆幸,庆幸车祸发生在美国,自己可以得到最好的医治。庆幸自己能恢复成这样,能走能跳能跑。没有毁容,虽然喉咙和背部都留下永久的疤痕，但是相信未来的男票能够理解的。

这只是一个意外导致的，谁都避免不了意外的发生，不是么？

之前觉得挣的钱多才能干。现在也不觉得了，每个人都能知足常乐才好。自己能够平平安安地活在这个世界上，这本身就是一件幸运的事情。也不要去嫉妒羡慕别人，每个人都有每个人的苦楚，你真成为了别人你就知道了别人那些不为人知的心酸。他们只是没说出来而已，不代表没有。羡慕嫉妒恨是最没用的情绪，自己想要什么自己就去争取。光靠艳羡是得不到任何东西的。

肯定你也被人偷偷羡慕着，只是你不知道而已。我现在经常在想：别气馁，我也被很多人羡慕着，羡慕我有爱我的父母，羡慕我成绩不错，羡慕我能来美国，羡慕我能被这所学校录取，羡慕我长得还行，羡慕我个子高，羡慕我皮肤白。

嗯，爷爷这就是我的故事，也希望爷爷一切都好，爷爷的杂货店也能越办越好，更多的人能够知道这里。每个人都需要一个树洞，不是么？

❋❋❋❋❋❋　　　　　　　　　　❋❋❋❋❋❋

孩子：

你好！收到你的来信爷爷很高兴。

如你所说，每天大量的来信要认真阅读，再认真回复的确不是一件容易的事，但绝对是一件幸福的事。虽然信中有太多的苦恼、困惑、难过，但正是在这里，在爷爷的杂货店，他们的委屈、悲伤、忧郁得以安放，有个人在意他的感受，有个人愿意倾听，有个人用真诚陪伴，这就让杂货店变成了有血有肉、有人情味儿、有温暖的地方。

所以啊，每天打开信箱看到满满的来信，爷爷仿佛看到的是一个个仰着脸认真望着爷爷的孩子，眼神里满是期待。对于这样的心的托付，爷爷又怎能辜负？所以这也是爷爷做这件事的意义所在。

感谢你和爷爷分享你的故事。经过这一年多的时间，爷爷已经深深体会到，每个人的故事都值得倾听，你们身上总有着一些闪光的东西，有时甚至会让我心中涌上一股暖意。所以，我相信这一封封的来信，不仅仅是你们倾诉的方式，更是给我这个老头子学习的机会。爷爷是感激你们的，是你们陪我支撑起了这家杂货店。

其实最开始的时候，爷爷也以为是我在帮助别人，但是写着写着才发现是你们在帮助我这个老头，给爷爷的生活赋予了意义，认识了不同的人、不同的生活态度，认识了这个世界。现在爷爷觉得，我们这个年纪的人更应该努力学习生活，除了对待新思想新潮流的宽容更需要主动。被时代刷下的滋味可并不好受，呵呵。

是的，生活会给不同的人不同的磨砺，或大或小，或轻或重。于你而言，你赶上了车祸的剧痛，爷爷很难想象当时是怎样的局面和处境。是你一个人在异国他乡熬过来的。但庆幸的是，你没有被这伤口耗干心力，而是主动给了它愈合的机会。

在你的身上，爷爷看到了生命的坚韧，也看到了心灵的旷达。

这让我想起了海伦·凯勒说过一句话："**人生最大的灾难，不在于过去的创伤，而在于把未来放弃。**"你很勇敢，也很坚强，爷爷很荣幸认识你。

就像你说的，要知足常乐。**爷爷始终认为，生活的好坏，取决于一个人的生活态度及心态。我们的身边，有人总是企盼没有的，却忘了现成的；有人总是追求遥远的，却无视身边的。境由心生，心情不好，就会一次次失去微笑着感受人生喜悦的机会。其实，在这个纷繁复杂、充满诱惑的社会，不羡慕别人，不轻贱自己，是最难得的。**

没错，过自己喜欢过的日子，就是最好的日子；活自己喜欢的活法，就是最好的活法！

最后，爷爷想给你讲一个关于镜子的小故事：

一个年轻人正值人生巅峰时却被查出患了白血病，无边无际的绝望一下子笼罩了他的心，他觉得生活已经没有任何意义了，拒绝接受任何治疗。

一个深秋的午后，他从医院里逃出来，漫无目的地在街上游荡。忽然，一阵略带嘶哑又异常豪迈的乐曲吸引了他。不远处，一位双目失明的老人正把弄着一件磨得发亮的乐器，向着寥落的人流动情地弹奏着。还有一点引人注目的是，盲人的怀中挂着一面镜子！

年轻人好奇地上前，趁盲人一曲弹奏完毕时问道："对不起，打扰了，请问这镜子是你的吗？"

"是的，我的乐器和镜子是我的两件宝贝！音乐是世界上最美好的东西，我常常靠这个自娱自乐，可以感到生活是多么的美好……"

"可这面镜子对你有什么意义呢？"他迫不及待地问。

盲人微微一笑，说："我希望有一天出现奇迹，并且也相信有朝一日我能用这面镜子看见自己的脸，因此不管到哪儿，不管什么时候我都带着它。

白血病患者的心一下子被震撼了：一个盲人尚且如此热爱生活，而我……他突然醒悟了，又坦然地回到医院接受治疗，尽管每次化疗他都会感受到死去活来的痛楚，但从那以后他再也没有逃跑过。

他坚强地忍受痛苦的治疗，终于出现了奇迹，他恢复了健康。从此，他也拥有了人生弥足珍贵的两件宝贝：积极乐观的心态和屹立不倒的信念。

爷爷相信，你已经拥有了这两件宝贝，带上它们，继续前行吧。

祝安好！

🕊 再过一个月，我又要离开家了

爷爷：

　　您好！

　　这是我第一次给您写信，想找您谈谈心。

　　我今年高二了，在国外读书，只有寒暑假的时候才会回来。一个人在外面难免会有想家的感觉。有时候一觉醒来，发现自己在离家很远很远的地方的时候，心里都不怎么好受。

　　我也不是说不适应国外的环境，在住家妈妈的眼里，我一直是一个坚强的女孩子，从来没听见过我说想家；在朋友眼里我是一个适应力很强的孩子，粗枝大叶的性格总让她们觉得，我是个不会想家也绝对不恋家的孩子。

　　但是我不是，我总是会在一个人的时候开始酸鼻子，在旁人听不到的情况下开始放声大哭。我不是一个很坚强的孩子，我也非常反感这样的自己，父母辛辛苦苦送我出来读书不是让我哭哭啼啼的。但是爷爷您知道吗？每逢节假日，当地小孩的父母都来学校接她们的自己孩子，而我们只能默默看着，然后叫辆出租车回去。当所有人都在庆祝春节的时候，我只能隔着屏幕和父母说声新年快乐，其实心里还蛮难受的。

我在最需要父母的时候离开了父母，独自一人到海外求学，早早的，就开始了一个人的生活。"孤独"，或许是陪伴我最长时间的词了。

每每我想克服这种情绪时，却总会在不经意间想起他们，想起他们的好，想起他们的无所不能。

现在也快7月下旬了，因为是暑假，所以我现在在中国，但其实也没有多长时间了，还有一个月，我又要走了，下次再见到他们，就是明年了。

我很担心一天一天这样下去，我的情绪会控制不住，心情会越来越低落，直到我走的那一天。肯定会大哭一场的。我不想让我父母为我担心，也不想让他们觉得我是个不坚强的孩子。

爷爷，我该怎么办？

感谢爷爷抽出时间读我的信，祝您有愉快的一天。

❋❋❋❋❋❋　　　　　　　　　❋❋❋❋❋❋

孩子：

你好！爷爷收到你的来信了。

一个人在外国独自生活，独自面对所有事情，爷爷能体会到你的辛苦，你强装的坚强。好孩子，不管怎么样都要照顾好自己，如果你不能好好爱自己，又能指望谁对你好呢，是不是？

在国外，很容易有孤单的感觉，也许是你对外国文化的不适应，也许是身边没有熟悉的人和物，但在国外也有很多

国内不能有的经历和体会。有得必有失，爷爷觉得既然已经在那个环境里，就尽量让自己过得好吧。这样也能让你的父母比较安心。

爷爷建议你试试看转移自己的注意力，既然你在念书，学校里面应该有各式各样的集体活动吧。别总一个人待着，去和他们热闹热闹，不仅能放松心情，还能结识更多朋友。只要主动一些，去投入这个新世界，去体验新的生活、新的际遇，我想，你会很快适应的。

另外，也可以找一些一个人能够完成的事情去做，例如画画、练字、看书、跑步、做饭等。总会有那么一些时候，不愿意学习，又没有什么约，空空旷旷的一整个下午，不知道该怎么消磨时光。这个时候，静静地做一件平时想做却一直没空做的事情就特别合适。

如果心中的思念和孤独仍然难以排解，苦闷和烦恼实在无人相诉，不妨写在日记里，或是给爷爷写信也可以。过几年，甚至几十年，当你再回过头翻看这些在国外的点点滴滴的记录，也会是一件很奇妙的事情。

爷爷知道，既然当初选择了出国，你一定已经做好了思想准备，只不过我们毕竟还小，难免会有一些瞬间，我们心里的防线抵挡不住思念的潮水，但我们都会熬过去的，你说呢？

现在，既然还在家里，那就多陪陪父母吧，帮妈妈做做家务，和爸爸聊会天，等你再次出国后，不就多了一些能仔细咀嚼回忆吗？

期待你的回信，祝好！

孤独能让我更坚强吗

亲爱的爷爷：

晚上好！

现在是洛杉矶凌晨一点零五分。我的房间很安静，只能听到秒针的滴答声，凛冽的空气让我非常平静。

我有很多很多话想要说，但又不知道从何说起。我在想对面的老爷爷，是不是像我一样在静谧的夜晚，在白炽灯下一篇一篇看着我们的来信，猜着我们懵懂的心思，然后认真地回信。

今天我的故乡下雪了，又想到记忆中的红梅、爆竹、除夕。这是我第一次想再次感受到冰雨和寒风在我脸上拍打，想呼吸凛冽的空气，裹成球上学。对于一个在北方生活了 14 年的人，在一年四季都在春夏秋循环的洛杉矶还真的有点不适应。虽说这几天也降温了，下雨也很冷，但我还是想下雪，想家。

此刻坐在桌前，我感受到的只有孤独，沉闷的孤独，压迫心脏的孤独。感觉现在用一个词形容我，那就是可怜吧。说实话，我已经为"人脉""合群""朋友""性格"这几个方面烦了很久了。

我总是很奇怪，自己对所有人都很好，有礼貌，耐心地听他们讲话，从不插嘴或者打小报告，尽自己所能去帮助他们，表现自己的友好，甚至于是讨好他们，为什么他们还是不喜欢我？我几乎每时每刻都在想，怎么说话会让别人觉得我很有趣，为什么她可以有这么多朋友而我没有，为什么他们可以融入一个集体而我不能，为什么我不能够被很多人关注？

我很想和那一群中国人合群，因为他们很优秀，但是怎么也不知道如何融入他们。我也很想和外国人混在一起玩，但这种事情没办法强求，对吧？

已经数不清多少次了，被留在后面落寞的我的背影，再把泪水逼回去转身走掉。

我好像已经看到自己一个人孤独毕业的场景了。

不过，我总觉得孤独是可以让一个变得坚强的。每次想哭的时候，我都会告诉自己不能哭，然后把眼泪憋回去，有什么想说的，不会告诉任何人，我也不想把真实的想法告诉父母，因为他们不会理解，我也懒得解释那么多。

我想每周都给爷爷写信，告诉您我这一周的所见所闻、所感所想。每天我脑中的世界都很精彩，但是能告诉他人的只是冰山一角而已。

但是我还是想分享一些故事给您。我这周末去科学宫的水族馆做义工，下周去教会做义工。周五的时候和很多人一起感恩节聚餐。但是这一周要准备 SAT，所以会很忙。每天定一些计划然后奖励什么的。忙起来还是很好的，至少不会想太多或者觉得空虚。

这周四就是感恩节了，爷爷感恩节快乐呀！记得吃火鸡和土豆泥！

晚安，亲爱的爷爷。

❋❋❋❋❋❋   ❋❋❋❋❋

孩子：

你好！展信悦。

从你的来信中，爷爷仿佛看到了两个身影。一个稍显孤单——虽然热情友好地对待每一个人，有耐心有礼貌地倾听他们说话，关心他们的感受，但却没有被同样温柔以待，实在是失落。另一个身影则是朝气蓬勃——虽然孤身一人在海外留学，但也有很多充实又忙碌的时刻，参加义工的活动，准备感恩节的聚餐，如此用心生活，爷爷发自肺腑地高兴。

我心里还想象着这样一幅画面，昨晚午夜的那一刻，你一个人在房间里，可能是和家里视频看到了故乡熟悉的雪，突然间被巨大的孤独感吞噬，提起笔写下了这封信，倾诉心中积压已久的委屈，然后随着消极情绪的释放，你又重新获得了能量，或许这就是信中所说的"孤独令人更坚强"吧。

你很担心如果不去友好的对待他人就会被大家不喜欢，也担心大家并不想和你交朋友。你不希望得到一个别人不喜欢你的感受，好像这样的话，你的整个世界就坍塌了，觉得自己很差劲，于是你才会用尽全身的力气去获得大家的认可。

没错，我们都期待别人能给自己多一点善意，也都希望和

他人亲密一些，尤其是在异国他乡，良好的人际互动能让我们
获得温暖和幸福。你用了很多方式去讨好他人，却渐渐地发现
这样离理想的关系也越来越远，精疲力尽却还是得不到想要的
结果。不妨，我们换个角度来看看。

在人际交往的过程中，我们每个人都有不同的准则和想
法，如果你希望让每一个人都喜欢自己的话，可能是个太过于
完美的目标。你无法满足所有人的要求和期望，也不能得到全
部的喜爱和赞许。

而且，当你极力避免和大家发生冲突和矛盾的时候，不得
不始终把大家的需求放在了第一位，倒显得自己的感受没有那
么重要，但事实上真的是这样吗？很明显，不是的，久而久之，
你也会觉得委屈和难过，付出了如此之多的你却没有得到过什
么，让你觉得很不平衡。

所以，我们需要把这个对自己苛刻的条件稍微降低一点，
拉到我们可以实现的现实里，多为自己考虑一些，试着找到更
好的方式来解决，你也可以借此多了解自己一点，倾听自己真
实的声音。

爷爷的确遇到过一些孩子，他们属于自来熟的那种，容易
和他人亲近，或是容易找到话题点，在一个新的环境中能很快
建立起自己的交际圈，如鱼得水。但你知道吗？人的精力是有
限的，爷爷也不认为他们对待圈子里的每一个人都是一样的，
不见得都是交心的朋友，只是他们对群体关系的适应性更强一
些，在对某些问题的评判上界限不那么清晰罢了。

还有另外一些孩子，他们话不多，也不是交际王，为数不

多的有交情的朋友反而都是掏心掏肺地相处，他们之间的关系很融洽，更长久。

这样两类人，都是真实存在我们身边的，也不需要用好坏对错来评判，不同的性格和选择罢了。但对你来说，这后一种做法，是不是更容易实现呢？

期待你回信对我说说你的感受，我们一起继续聊聊。

祝好！

🕊 我爸红着眼说舍不得我走那么远

爷爷：

你好！展信悦。

最近觉得辛苦的时刻真的太多了。

傍晚的时候路过别人家，看到劳作了一天的一家人聚在一起吃饭，小孩一边吃一边偷偷地瞟着电视里的动画片，饭菜不是很丰盛，但每个人都吃得很香。是一种平凡又温暖的幸福。"真好"，脑海中只浮现这两个字。

记得有次面试，老师让大家用三个词语形容家，我说了"白粥""纽扣""巢穴"这三个词。朴素又温暖，牵挂和归处，是两千多公里的思念。

我其实并不是很清楚自己想过什么样的生活，但总觉得自己还年轻，想更加用力地生活。我常对自己说，人只有这一辈子，20岁没能完成的事，30岁也不会有机会去做了。想尝试着做一些事，靠自己的力量生活，骨子里流动着的是不安定的血液。

虽然辛苦又艰难，但是只要坚持一下，再坚持一下，都会过来的，都会好起来的。

人只要没有死掉，不会有比昨天更糟糕的明天。每晚临睡前，都习惯用这样的话来告慰自己，强行灌一些有的没的鸡汤，然后醒来又是新的一天。

有过绝望和十分难熬的时候，事实上现在也是如此。记得最痛苦的一次是假借上厕所的名义，关在里面偷偷哭泣。咬着嘴唇，用力攥紧拳头，攥到手指发白，一直不停地掉眼泪。那个瞬间觉得人生真的丧到一个极点，所有事情都失去了意义。为什么要选择这种最艰难的生活来过，为什么要偏执着留在这座城市，自己也回答不出。

悲伤和欢喜的时刻都是独自一人，做得好或是做得糟糕，只有自己给自己加油。觉得自己很棒，做得很好的时候，会放任自己买一些想吃的零食奖励自己，很伤心的时候就找一些乱七八糟的综艺节目来看。不想让自己看起来很可怜，不想和每个人谈论自己的处境，所以沉默着不发一言。

都可以忍受。多么绝望困苦都可以忍受。哪怕不被支持和认可，也可以忍受。

我爸喝多了酒，红着眼和我视频，说爸爸就你这么一个女儿，舍不得你走那么远的时候，那瞬间的痛苦，太难以忍受了。我爸真的老了。每次放假回去，这样的感触都会更深一点。他的头发无论怎么染黑，还是会有新的白发长出来，他的皱纹一点点地加深，身子也不似从前硬朗了。

一定非要偏执地留在他乡闯荡的理由，我却一个也说不出。在家里人看来大概真的非常不懂事吧。我是真的，真的很想靠自己的力量，过自己想过的生活，活成想要的模样。因此过得很辛苦没错，但都抵不过我心里的孤独。

不肯低头的脾性，所以从不愿和家里示弱，每次都装作自己很厉害、很独立的样子。可是那种没有一个人在身后的感觉，真的太孤独了。

孤独到灵魂战栗。

其实很软弱。其实遇到一点委屈就会难过得不行，遇到困顿的时候就会自我否定、自我怀疑，想家的时候会偷偷翻爸妈的朋友圈。

也痛恨着这样的自己。

让自己过得辛苦过得孤独，让家里心力交瘁，却时至今日依然回答不出留在这里的原因。这样的我实在是很垃圾。

挣扎在苦痛的泥潭中，动弹不得。依旧迷茫却找不到出口。

❋❋❋❋❋❋　　　　　　　❋❋❋❋❋❋

孩子：

你好！很开心收到你的来信。

从来信中，爷爷大致了解了你的故事，感受到你对父母的爱和思念，你一个人在外地的辛苦，还有你低落的心情，这些情绪都充盈在你的语言里。同时爷爷也发觉你身上有一种成熟的自我开解的能力，能够帮自己发现或是寻找到坚持的力量。或许正因为你独自在外打拼，苦的时候没有依靠，无处可说，只能说给自己，于是这种力量就从你的生命中生长出来了。

　　不过，说句实话，爷爷读完你写的信，还是很心疼你的，承受了太多太多常人无法承受的东西。

　　爷爷知道，你不愿享受安逸，你喜欢挑战，喜欢大城市不一样的风采。其实人生本就应该有挑战，更何况你还年轻，有选择的权利和机会，所以你的选择没有错。你在爷爷心中是勇士，那么勇敢，那么无畏。没错，未来或许很远，在成功的道路上，总会有荆棘与困难，但只要能勇敢地去克服，去坚持，就一定会有收获。

　　我也知道你的顾虑，担心着父母，也担心着虚无缥缈的未来，你很矛盾，但是依旧想要坚持。既然如此，孩子，那就跟着你自己的心走吧，去做你想做的事儿，有时考虑得太多，反而绊住了你前行的脚步。

　　虽然，**很多时候我们并不能如愿以偿地收获自己想要的，但所有的事情都值得我们去尝试。不是吗？哪怕结局不好，但至少，你挑战了自己，勇敢的渴望，期待并且迈出了第一步。**

　　或许眼下你就像在浓浓的雾里迷了路，寻找不到方向。问自己怎么走进来的也不清楚，问自己打算往哪儿走也不知道，不晓得雾什么时候会散开，也不确定到底会持续多久。但即使如此也别太害怕了，孩子，因为无论如何这只是一场雾，一场走着走着就会慢慢散去的雾。总有一天你会看到自己的内心，并且越来越坚定。

　　至于父亲的不舍，爷爷也完全能够理解，在这里想送你龙应台在《目送》这本书里的一段话：

　　"我慢慢地，慢慢地了解到，所谓父母子女一场，只不过意味着，你和他的缘分就是今生今世不断地在目送他的背影渐行渐远。你站在小路的这一端，看着他逐渐消失在小路转弯的地方，而且，他在用背影默默地告诉你：不必追。"

孩子，我相信，你的父母是那样爱你，也正因为爱，不管你做出什么样的决定，他们都会支持，无论什么时候，你回头，都能看到他们在家里守候着你，他们要的，只是你幸福、开心、快乐。

带着这份嘱托和祝福上路吧，继续前行，爷爷也和他们一样，会记挂着你。再遇到什么困难，心里难过的时候，可以来找爷爷。

期待你的回信，祝好！

宁说千番喜，不报一句忧

爷爷：

在我很小的时候，爷爷奶奶姥姥都相继过世，所以我一直都特别羡慕那些从小在家里老人身边长大的孩子。当我写下开头的爷爷两个字的时候，心里突然就一酸……

天冷了很多，我离开家乡也有一段时间了，的确怀念那里的一切，她的气候、她的景色、她的岛民，甚至她的气味。我出生在青岛，长大在青岛，我爱那里的一切，也恨自己那黑暗般的三年。我总觉得，故乡太小，不够我闯荡。

现在在离家很远很远的城市上大学，一年只有寒暑假能回两次家，还真是应了那句话："自此数年，故乡于我，只有冬夏，再无春秋。"

爷爷你说，学会一个人上路，一定要是成长路上残忍的一课吗？

妈妈曾经问我，在那边想不想家。

宁说千番喜，不报一句忧。

我怕她担心，怕她流泪。

其实我也能照顾好自己，一切都很好。严格控制饮食，认真参与学习，对了，我们军训还没结束，但是我受伤了，在宿舍里养着膝盖。一切其实都还好，只是不能参加检阅，挺难过的。

我其实真的很想家。

不过也就是转瞬即逝的想法，毕竟我已经长大了，我还想看看外面的世界，闯闯世界，撞撞墙，也没啥不好的，人还是要自我奋斗的。

警校安排的作息时间很规律，把身体调整到最佳状态，早睡觉也不用想这想那，有效避免感情波动。真的挺好。

我想要飞翔，我想要改变，嗯，也挺好的。

我现在很迷茫，的确是这样，不知道自己想要什么，但是我学到一点，路要一步一步走，饭要一口一口吃，未来的事情说不准的，但是做好现在，或许将来就能向好的地方发展，挺不错。

《热血高校》里小栗旬演的泷泽源治，很帅，乌鸦象征着他所在的铃兰高校，被人唾弃却仍然在秩序中挑战，不断地打斗，直到走向巅峰。

我也是一样啊！

向前走，就这么走！

学习了，等着爷爷的回信。

天凉了多加衣服。

祝安康！

✺✺✺✺✺✺   ✺✺✺✺✺✺

孩子：

你好！爷爷收到你的来信了。

真是个暖心的孩子，很高兴认识你。看到信的时候，爷爷在想，你的长辈如果在世，一定也会非常疼爱你。可时光不待，他们走得比较早，若你再思念他们，不妨来杂货店坐坐，爷爷会陪着你。

天凉了，你也要注意加衣服，多盖层被子。

海边长大的孩子，自然向往大海般广阔的天地。

人总是这样，小的时候对于这个世界充满了好奇，总想着到处去看看。然后这个念头在我们的心里生根发芽，随着我们不断地长大，通过各种途径去获知这个世界的美好，所以我们心中那向往远方的小小树苗在我们的好奇、期待、向往中不断地茁壮成长。

终于，我们长大了，可以去到远方，然后我们也如愿地去了远方。

可是当我们真的到了远方才知道，其实我们去的远方远不如心里想的那般美好。远方太陌生，陌生到很多事情都需要我们不停地去适应，陌生到我们不知道怎么去找寻温暖，陌生到我们开始怀念以前，想念故乡。

其实，我们中国人的心中都有着浓浓的故土情节。儿行千里母担忧，父母都不容易，外出的游子也不容易。你小小年纪就离开家乡，开始一个人的生活，要面临很多考验，在外当然不比在家里，爷爷能体会这样的心情。

想当初，爷爷也是在很小的时候外出求学，每次遇到麻烦都会想念家里的气息，想念父母和兄弟姐妹，想念热气腾腾的晚餐，有家的味道。

你问爷爷，学会一个人上路，一定要是成长路上残忍的一课吗？

爷爷给你讲个故事：

一只鸟儿紧紧地抓住一根树枝。

风来了，吹得树叶一阵摇晃，小鸟细细的脚爪还是牢牢地攥着细细的树枝。

风大了，整棵树起伏动荡，小鸟依然拼命攀附。

几番吹折，终于，小鸟力量不敌风的力量，松开爪子的刹那，它以为自己会掉下去。

没想到却是飞了起来。

原来，小鸟早就会飞了。先前的画地自限，都是因为它的恐惧。

有时候我们也像这只小鸟一样，紧紧抓着一份情感、一个依靠，却忘了自己其实具有飞翔的能力。但有一天，我们也会像这只小鸟一样，离开了一根树枝，离开家，学会飞行，然后发现自己拥有整片天空。

所以，这不是残忍的一课，而是通往自由的一课。

看到你说，心态在转换，虽然有难受，但毕竟在往好的方向发展了。就像你感受到的一样，生活还是要好好过下去的。

爷爷又想起了另一个故事，一个即将出去闯荡年轻人去问老村长人生的秘诀是什么？

老村长说：先给你其中一半秘诀——"不要怕"。

等年轻人到了中年，事业有成回去之后，老村长已经去世了，他的儿子把老村长写的另一半秘诀给了他——"不要悔"。

前半生不要怕，像你所说，不知道自己要什么的时候，就做好眼前事，闯一闯。后半生不要悔，因为好的坏的，都过去了。

好孩子，调整好自己身体和情感，好好照顾自己。继续努力向前走吧。爷爷会一直支持你，给你鼓劲！

愿早日康复。祝好！

我是一名普通的北漂女孩

亲爱的爷爷：

您好！

初次写信，心中百感交集。第一次接触到这个 APP，受益颇多，感慨也颇多。感谢有您这么一位爷爷，为我们解答心中疑惑，开导我们的心灵。

我是一名普通的北漂女孩，今年 22 岁。刚大学毕业，进入社会参加工作，体会到北漂的快节奏生活，压力有点大，房租，交通，一切的费用太多，让刚毕业的孩子有点喘不过气来。

有时候看到这座城市的华丽，却总觉得那和我没关。

国庆假期来了，合租的室友都回家了，而我却没有钱回家。每花一分钱，都是精打细算，算着交房租的日子，算着每天该花多少钱……这空空的房间让我有些失落和害怕，很想很想家。

我只身从安徽来到北京，没有朋友、亲人，让我觉得难过。我是不是太矫情？我也知道，不能回家的不止我一个，想想他们，心里也就释然好多。其实，大学期间也经常做暑假工、兼职，从未像现在这样难过。自己也是很要强的人，也是很倔强的人，总觉得自己该为家里做些什么，而现在的我却无能为力。

当初为爸爸治病，欠下的外债，如今都压在我身上，妈妈和爸爸已经 50 多岁，不想让他们为此操劳。看他们一天天的老下去，我的心像被插了一把刀，生疼。我希望自己能快点成长，安分工作，拿到好的薪资，解她们的忧愁。可是，如今我还做不到，我着急，压力大，头发掉得厉害，睡眠也不好。

爷爷，希望您能帮帮我，开导开导我。

爷爷，愿您一切安好！

✾✾✾✾✾✾   ✾✾✾✾✾✾

孩子：

你好！很高兴认识你，在北京的安徽姑娘。

看完你的来信，爷爷想起一句歌词："外面的世界很精彩"，后面还有一句："外面的世界很无奈"。这首歌，应该唱出了很多身在他乡的孩子的心声。

北京，是一个给了无数年轻人梦想的地方，但那清晨的地铁长龙、拥挤的限流道、狭小的合租房、高昂的房租费、每天的吃用支出、陌生的人们、紧张的工作，对独自在外打拼的孩子们来说，也实属不易。

所幸，我们心中有坚定的追求，为长见识、实现自己的价值也好，为贴补家用、让父母不那么劳苦也好，这份初心不会改变。

爷爷在你身上，已经看到了坚强和毅力，你做得很好，只是有点着急了。

你是个孝顺的孩子，爷爷能理解你迫不及待想为家人做点什么的心情，因为我们都害怕"子欲养而亲不待"的遗憾。但如果把一切压力都扛在自己身上，身子被压垮，无法承受，一定不是你父母想看到的，是吧？

眼下，掉头发、睡眠不好等这些症状，已经是压力太大无法排解而影响了健康的征兆，若不改变，情绪、精力还会逐渐受到影响。

孩子，孤身在外的悲凉，爷爷知道；要强倔强的心，爷爷明白；无计可施的着急，爷爷理解。那么，我们是不是也可以换个思路想想，是不是只有这一条路可以达到你想要的目的呢？

爷爷不知道当初为何一定选择去北京，看上去上海离你的家更近，说不定还有更多同学能互相照应；家乡应该也有不错的工作，也能挣钱，而且开销还小些。那么，是什么让你选择去承受这份痛苦，也许你心中有答案。

如果可以，不妨写写日记，看看自己的收获，问问自己来时的目标，想想可以的其他选择，给自己一个期限，给自己一些小小目标，让自己放松起来，运动跑步、看书写字、音乐画画、多亲近大自然等，打开脑洞，跳出困境，给自己一些光亮，爷爷相信，你能够看到来时的路与回家的路。

最后，爷爷还有一句话想跟你说：

有时候，家并不一定是一处房子，不一定是一桌饭菜，它是心里的情感寄托，能够给予我们勇气和力量。所以，不管你在哪里，不管是风平浪静，还是狂风暴雨，只要你一回头，就是家。

所以，只要家在你心里，你就从来都没有真正离开。

祝福你！

Part 4

追星

/

获得了勇气和动力
更努力地去生活

现如今，在全民娱乐的大背景之下，娱乐圈里三天两头就有新人出道，小鲜肉更是层出不穷，我们所处的，几乎是一个全民追星的时代。

在孩子们的热情介绍之下，这一年，爷爷认识了很多明星，可谓大长见识。从 TFboys 组合，到防弹少年团、bigbang，再到鹿晗、李易峰、陈伟霆、迪丽热巴、杨洋、赵丽颖、刘昊然、李宇春、吴磊，等等。

特别是去年 6、7 月份的时候，不知道什么原因，一夜间来了很多防弹少年团的粉丝，应接不暇。

很多人不理解追星这种行为，对此嗤之以鼻。其实，我们之所以会喜欢偶像明星，是喜欢他们身上的某个特质，而这个特质是自己所没有的，是自己所期望的。这个特质，可能是颜值，可能是内涵，可能是才艺，也可能是品格。

当然，不可否认，来信中我们的确遇到过一些孩子过度沉迷于此，耽误了正常的生活，甚至有疯狂的举动。可也有一些孩子，他们从偶像身上获得了勇气和动力，更努力地去生活。

对于这些追星的孩子，我们需要多一点理解和包容，也需要多一点耐心的引导和帮助。

🐦 追星有错吗

爷爷：

展信悦。

感觉最近又有烦恼了，追星有错吗？

小孩儿老把爱挂在嘴边，大人们会觉得不懂事，什么都不知道，把这件事当做游戏。

我也追星，我喜欢的明星叫李易峰。记得第一次看见他，是一个电视剧，一袭红装的少年真的很有味道。不知怎么回事，在这之后他的形象就在我脑海中挥之不去。就这样了几天，我才意识到，我喜欢上了他。可能明星就是那种见不到的吧，所以什么话都敢说出来。QQ里一半以上的好友是李易峰的粉丝，空间里全是关于他的动态。整天和蜜蜂们（李易峰的粉丝）谈天说地，"李易峰我爱你"什么的话说过很多，也看过很多。

后来有一次，和爸爸的同学聚餐，一个阿姨对我妈妈说："看了你家孩子的空间，全都是关于李易峰的动态。"妈妈回道："是啊，我听说了她追星。"内向的我从不像姐姐那样总把自己喜欢的明星挂在嘴边，李易峰就像是我的秘密，我从来没有鼓起过勇气告诉爸爸妈妈我追星这件事。两年了，依然记得阿姨说给我妈妈听的时候那声我认为刺耳的笑声。我认为那是在嘲笑我。

自打追星以来，我玩手机的时间增多了，但原因绝不是追星。那时刚升初中，新的环境新的同学，强烈的不适应总会让我从梦中惊醒。一开始的我很害怕，而手机上的 QQ 能让我觉得不那么害怕了。

初中不同于小学，我还是用着小学的学习方式，自然有了些许退步。也达不到妈妈的高要求了。妈妈便把责任归咎于玩手机、追星，各种威胁接踵而来。

但她不知，喜欢李易峰是我唯一热情不减的事情，两年了，仍是待他如初见时的心情。两年来，蜜蜂给了我不止一个的建议，不止一次的鼓励。

让我受挫的不止是妈妈，还有身边的朋友或者是社交软件上的陌生人。总有人会问，你为什么喜欢他，他认识你吗？在你心中你把他捧上天，他又不会娶你，别把时间浪费在他身上。他们也会骂李易峰，但我不在意，毕竟嘴巴长在别人身上。

其实我从没想过和自己的偶像结婚，只是单纯的喜欢。他能给我不一样的感觉。他对我来说是力量是支撑，每次被打击的时候我就会看看他，想想自己，然后再重新鼓励自己开始努力。他就像我在黑夜里的照明灯，我不知道怎么形容这种感觉来告诉您爷爷，您能明白吗？都说追星是一场最盛大的暗恋，他是我青春路上唯一让我哭，让我笑，让我不奢求回报去追的人。认识了他，也认识了许多和我感受一样的好朋友，真的觉得收获很大，也很珍惜和她们在一起的时光。

可大人们真的不理解，每次解释也真的很累。

追星的第二年，我的成绩重回巅峰，但我还是没有勇气去告诉妈妈光明正大地追星。我害怕我的成绩再次退步，引来她的嘲笑，怕她说我自大。

爷爷，我到底应该怎么办？！

❋❋❋❋❋❋   ❋❋❋❋❋❋

孩子：

你好！爷爷收到你的来信了。

谢谢你向爷爷介绍自己的偶像，也让爷爷认识了这位叫李易峰的年轻人。这么久以来，多亏了你们的介绍，爷爷认识了很多年轻的明星和偶像团体，听说了很多他（她）们的故事，有的让我感动，有的让我心疼，有的让我意外。

从你们的描述中，爷爷感受到追星可以说是一场盛大的暗恋，或者说是场苦熬的修行。在追星的过程中，我们收获了很多甜蜜与欢乐，当我们看到我们亲手把喜欢的偶像送上了领奖台的时候，当我们看到他们泪流满面地感谢粉丝的时候，当我们看到他们捧着奖杯微笑的时候；同时，我们也流下了很多泪水，当我们的偶像被诋毁、造谣而我们无能为力的时候，当我们的追求和梦想不被世人认同的时候，当我们的热爱被别人所嗤笑的时候，当我们无论多努力都得不到好结果的时候。

你看，追星，就是那么的喜忧参半。

生活，不也正是如此么？

爷爷一直觉得追星的姑娘比别人多了一份韧劲儿，她们可以为了偶像撞得头破血流还乐呵呵地说我愿意，她们可以一次一次跌倒后再爬起来，她们无论是面对人生还是面对偶像，都是那么的乐观，那么的有冲劲，这也许就是偶像带给她们的正能量吧。

爷爷相信你追的不只是李易峰这个人，更是他身上这样的能量，让你能够用自己的双脚平稳地站在大地上，和他一起前进。我常跟孩子们说，**真正追星，真正喜欢一个偶像，不一定要无时无刻地关注着他，追随着他，你们之间应该有一种默契，就算见不到他，你依然喜欢他，他也依然做着让你喜欢的事情，而且他能够给你正能量去努力。**

一直以来，你都做得很好，希望你能一如既往。

关于要不要光明正大地告诉妈妈，爷爷觉得，这件事是我们自己心里的事情，与任何人无关，所以可以告诉她，也可以不告诉她，这些都是我们的自由，是不是？

期待你的回信。祝好！

🕊 愿他们各自安好，永远的 12 人

爷爷：

　　您好！

　　我是一个追星的孩子。我从小就追星，但也不至于追，因为那时年龄小，也不懂什么叫追，就只是听听歌，看看节目、MV 什么的。后来到了初中，经朋友介绍入了韩圈。当时 EXO 还没有出道，我喜欢一个女团，直到 2012 年，他们出道我才喜欢他们，起初喜欢真的是觉得他们长得好看。哪个人不喜欢好看的帅的人呢？我也是这样。

　　到后来逐渐了解他们，才觉得他们也不是像我们所看到的在舞台上光鲜亮丽，很多都是很小就当练习生，每天都在练习室里度过十几个小时！付出那么多只为了自己的理想，这很打动我。我开始一步一步追他们！2013 年时，我的腿得了病，很疼，妈妈带我去医院打针，每天都打。那段时间我特别难过，每天都因为打针疼而哭。就那时，EXO 发了一张圣诞专辑，里面的一首《初雪》非常好听，我就是每天听着他们的歌坚持着！爷爷可以去听一下，我每次听到这首歌都很有意义。

　　我喜欢组合里面的每一个成员，我真的非常喜欢。我也是第一次那么认真地追星，把他们视为我的动力、我的目标、我的方向。他们当中，我更偏爱的是一个叫鹿晗的男生，艺名LUHAN。爷爷您知道吗？可能不知道。

　　他性格很好，会为了粉丝的安全而和黄牛吵架，他会担忧我们粉丝的安全而不让我们跟他应援。他也是挺傻的，自己出钱过生日的时候开足球会，第一次首唱会免费请粉丝去看，他会每周五上线发微博，只是因为我们之间那个不成文的规定，可他却坚持了整整两年。

　　跟您说一下两年前的今天吧，2014 年 10 月 10 日。

　　两年前的今天，鹿晗和他所属的公司解约了，他从那天起离开了组合。可能是事出突然，也有可能是我太迟钝，那天我放学回家照例写完了作业，然后打开手机刷朋友圈。我记得大概是 8 点过 20 左右，有这么一条内容是这样的——"鹿晗解约了"，短短的 5 个字，我看了快半分钟，脑子也来不及反应。可能出于不相信，我打开了微博，发现他下午就更新了一条"我回家了"，那一刻脑子炸开了，一片空白……

　　那天家里刚好又没人，我就自己痛哭了起来，边哭边回想着他在 EXO 的一幕幕，怎么都想不通，因为我无法想象，前一天他还属于这个组合，现在就没有关系了。那种感觉至今还记得，无法承受。即使我已经习惯分分合合，但这次就是超级难受，因为我真的很喜欢这个组合和组合里的他，哭得比爸妈吵架的时候还要难受，那天晚上好像把往后的眼泪都哭完了。因为那种感觉太刻骨铭心了，所以现在回想起来还是那么清晰，那么历历在目……

我都不知道那段时间怎么过的，就好像我的一个特别珍惜的东西在我心里碎了一样，永远回不去了！

爷爷你知道吗？鹿晗最后以 LUHAN 这个名字和其他成员一起完成的演唱会的那天，可以说他几乎整场都是硬撑下来的。神经性头痛，脸部水肿，一只眼睛也是肿的，还会不自觉地流泪。他在单独表演完的时候出现眩晕，差不多晕倒了……

这些都是我后一天搜到的视频，不知道是因为生病的关系还是要离开了，鹿晗在唱慢歌的时候眼泪一直都没停过，即使隔着屏幕我也看到他眼泪滴下来了好几次；回到后台临时休息，他的眼泪也没有停，甚至更快了。别人都在擦汗，他在那里擦眼泪，一句话也没有说，就直勾勾地站着，可就是一直流眼泪，所以当时我知道他为什么选择离开了。

组合中还有一个叫世勋的韩国成员，他和鹿晗的关系特别好，平时就特别照顾对方。他们长得很像，都说他们是双生，他们的关系好到让其他成员都嫉妒，对，就是嫉妒，胜似亲人的感觉，哥哥和弟弟。那天所有成员都粘着鹿晗的时候，世勋却一直躲着鹿晗，鹿晗也别扭地避开世勋，整场无交集，因为太在意对方了，面对离别都不知所措了……

即使过去两年了，但今天那种感觉还是那么明显，我希望我喜欢的每一个他，都能各自安好，永远的 12 人。

孩子：

你好！你的来信爷爷已经收到了。

爷爷听说过鹿晗，刚刚也特意问了一下孙女（她比较了解韩国的偶像）关于这个团体的故事，短短两年间从12个人变成现在的9个人，的确发生了很多事情，也让喜欢他们的粉丝经历了情绪上的大起大落。

爷爷很能理解你不希望自己喜欢的一群偶像分开的心情，谁又能喜欢分别呢？不管是旁观者，还是亲身经历的人，都会悲伤，也会有一种从梦境里醒来看到现实的不真实感。他们站在一起是你喜欢的一群人，他们的互动透露着青春和梦想，他们互相的缘分也很深厚。而他做出那么重大的可以改变人生轨迹的抉择，必然是经过一番深思熟虑的，即使有挣扎，也是左右权衡了很久，才看清自己心中到底最最重要的是什么，所以在两害相权之时取其轻，选择了更广阔的个人事业和梦想。

都说我们每个人是独自来到这个世界，又独自离开，挥挥衣袖不带走一片云彩，即使是父母、伴侣、子女、挚友，也不会从头到尾完整地参与自己的整个人生。偶像也和我们一样，即使想要陪伴常年的工作伙伴和感情至深的兄弟，还是需要独自去追求自己的人生梦想，实现自己更大的人生价值。

虽然每个人是独立走着自己的路，但是爷爷觉得，美好的相遇就是命运对每个人的恩赐，相遇之人的陪伴时光或长或短，甚至不时分离又相聚，相信他们已经把当初共同感受过的台前幕后、苦辣酸甜都印刻在脑海中，已经把这份相遇变为属于自己和对方的珍宝。人生路漫漫，不知道会在何时何地又可以和对方共同回忆和重拾当初的美好，不是吗？

他们自己向着各自不同的梦想在努力，可能各自的梦想会有差异，所以走的路会有所不同。虽然说距离的拉远确会减少常伴左右、同进同出的亲近感，但是爷爷相信有些缘分和回忆，即使中间有一段时空的距离，也可以靠网络来维系，也可能会在许久不见后再次相聚的那一刻，重新唤起心中的那份感情，这是人和人的牵绊的神奇之处。说不定，他们私底下也保持着交流，只是我们看不到罢了，毕竟现在手机通信那么发达。

爷爷以前问过孙女，她为什么追这些明星。她说因为他们很好啊，很努力，而且我们看到的永远都是他们美好的那一面，其实他们都付出了很多别人不知道的努力，而且他们都把自己的粉丝放在心上。

同样的，看完你的来信，你为什么会喜欢 EXO，尤其是喜欢鹿晗，爷爷已经知道答案了。他们虽然分开了这么久，但是他们的努力，他们的温暖都在不断鼓励着你，给了你很多的信心和前进的动力，你能继续从他们身上找到积极向上的能量，真的很难得。

就像你说的，你喜欢的他们都能各自安好，只需要默默守护着他们的努力就好。爷爷也希望你能寻找到属于自己的人生之路，找到独有的快乐和幸福。

如果你有什么心事烦恼想和爷爷倾诉，爷爷一直在这里等着你的来信。

祝好！

🐦 我被否定了玉米的身份

亲爱的爷爷:

　　您好!展信悦。

　　我是李宇春的粉丝,简称玉米(宇迷)。是从今年 2 月开始喜欢她的,如今已有 10 个月。您知道李宇春是在 2005 年的"超级女声"上选秀出道的,至今已有 11 年。

　　那一年,我 6 岁,现在我 17 岁。我深知我不是资深的玉米,一来我没有陪自己的偶像走过这十余年,喜欢她的时间也不足一年;二来,我是学生米,不太懂音乐领域的事。今年李宇春发行了四张 EP(细碟/小专辑)《野》《蛮》《生》《长》,可我连 EP 是什么都不知道,自己也确实没有关注这些,心里实有愧疚。我也没有买过春春的专辑,没有去看过她的演唱会(演唱会以后是一定要去的,但是没买过专辑这件事,我知道是我做的不到位)。

　　春春的这四张 EP 每张 5 元钱,共 20 元,不贵,学生米确实可以攒钱买。可当我弄懂 EP 是什么,想买这些专辑的时候,自己的卡里却没有足够的钱,连买一张的钱都不够。最让我自责的是，在过去的几个月里，我把我银行卡里的钱，全都用在了不当的地方。现在想想，也知道自己太挥霍。错了，但是晚了。

自己因为这些已经非常自责。而刚刚发生的事让我更加难堪而无地自容。

我今天本想多加一些同是玉米的朋友，毕竟都喜欢春春，以后有什么活动或演唱会，也好有照应。而当我准备加一位玉米朋友时，他的验证消息要我发 EP 截图。他没有说是买好的 EP 截图，所以我误会了，我给他发的是 EP 的资料图，他再回我时语气开始不屑，告诉我他要我买 EP 的截图，我很歉疚地说我没有买，因为这段时间真的没有钱了。当他再回我时，就否定了我玉米的身份，说我不买专辑，给玉米丢人。我很想解释，也表示很自责自己不是春春专辑 600 万销量里的一份子，并保证以后会更关注春春的动态，出了新专辑及时攒钱买。但是他很快地将我删了，我再发消息时，手机显示发送失败。当我再看他的空间的时候，他把我们的聊天截图发了出来，并配文字说——什么妖魔鬼怪都好意思说自己是玉米。我当时心里非常不舒服，自责，愧疚，难堪，全都合为一体，眼泪很快就流出来了。

当我冷静下来，我一方面是为自己作为玉米但却没有尽玉米的职责愧疚；但另一方面，我不明白为什么我因为一些原因没有买春春的专辑，就要遭到同是玉米的否定和辱骂。这件事说实话，给我带来的冲击挺大的，这让我更加自卑，更加不配说自己是玉米，更加觉得自己特别对不起春春。

近日来，我为了春春也很努力地在付出。前几天我一直给春春在 UC 浏览器和 UC 头条上投票，帮助她在热搜榜上的名次尽力靠前。每天 12 票，一票不少。当春春名次落后，我会非常心急，甚至到 QQ 部落里发帖去鼓励大家积极投票。虽然结果不尽如人意，13 名，但我觉得我付出了，尽了自己的一份力量，也算无悔。我也在每天坚持给春春签到，尽量不漏签。我还设了一个计时器，在春春 2019 年生日那天往前倒 520 天，我开始签到，然后连续签到她 35 岁生日当天，刚刚好是 520（我爱你）天。

我做这些也是出于对春春的一份喜爱和敬仰。我也深知我作为一个新人玉米，为春春做得远远不够，但我会去努力。当我成年且自立后，会去看她的演唱会，买她的每一张专辑，会经常地像她一样去献血，会每月捐钱给玉米爱心基金会……这些都不是白说的，我也相信我，一定会做到。

只是我对于今天发生的事还是耿耿于怀，不能接受自己因为没有买专辑而被否定。心里特别难受，难以疏解，所以来求助您，希望您给予我一些开导。谢谢爷爷！

祝您身体健康，万事如意！

�֍֎֍֎֍֎   ֍֎֍֎֍֎

孩子：

你好！爷爷收到你的来信了。

很开心知道你有一个自己特别喜欢的偶像。当看到你说自己成年且自立后，会去看她的演唱会，买她的每一张专辑，会以她为榜样经常去献血，会每月捐钱给玉米爱心基金会，看到你对自己的未来有这么美好的愿景的时候，爷爷很为你的这份心意感动。

从你的来信中，爷爷能感受到你作为"玉米"的真心，虽然因为现在经济实力的问题，有些事情还做不到，但你已经尽力，已经做得非常棒了。

而有的"玉米"却因为你没买什么而贬低你，实属不该，在自己的能力范围内去做事情，无可厚非。其实面对生活中的任何事情，都是应该这样，没必要强迫自己。当然，你会因此感觉心里不舒服，会自责愧疚，这样的心情爷爷也能体会到。

在爷爷看来，喜欢一个偶像，不是看你有几张签名的专辑，你在粉丝中的地位如何，而是看你学了多少为人的善良宽厚，做事的坚韧执著。比如：她为了舞台上最精彩的演出，可能在幕后付出了难以想象的努力；为了能够有好的身材和皮肤状态，可能连自己最喜欢吃的食物都只能看看；为了能让自己的支持者开心，即使再疲惫也是笑脸相迎着。

这一切，都是作为歌迷的你，应该去学习的。

同样是追星，有些人追成了十项全能，在不断提升自己中追求快乐，有些人却追成了疯子，在不停挑剔贬低别人中享受变态的满足感。爷爷很高兴看到，你是前者，而那个拉黑你的人很遗憾做了后者，或许她早已忘记自己喜欢李宇春的初心是什么了。

偶像作为你的榜样，给你的生活带来美好、希望和力量，这些才是最最重要的，不是吗？ 若是因为要支持，而给自己日后的生活带来困扰，就真的是得不偿失了。

按照你自己的情况来决定如何去做事情是你的自由，你做得很好，爷爷支持你。

爷爷希望你可以在李宇春身上获得越来越多正向的力量，未来的生活越来越美好。

祝好！

📧 我喜欢他，他又如何能看到呢

爷爷：

您好！想跟你讲一件心事。

我很喜欢很喜欢边伯贤，可是他是站在顶峰上的人，我无论在底下如何呐喊，都只会被身边更响亮的欢呼声盖过。即使我费劲苦心见到他，和他说一句我爱你，他也只会礼貌地说一句"谢谢"。

我在想，我追星到底是为了什么？是为了自己能在无聊的时候翻看偶像的新闻来打发时间？

无论我再怎么努力，我们始终是偶像和粉丝的关系。茫茫人海中，不乏比我更热爱他的人，也有劝我及时放手的人，我不知道该如何选择。

我曾经想过通过选秀，进入韩国经纪公司，只为了离他们更近一些。可是在韩国娱乐圈里混水有多少，练习生里的竞争有多激烈，为何不安安稳稳过完这一生？

可是想到这里我又会回到最原始的地方，那喜欢他们，除了是一场盛大的暗恋以外，对我们的生活又有什么用处呢？

我曾无数次审视自己，想到之前为了买专辑凑钱，通通将自己的东西倒卖，为了给他投票无时无刻在关注动态，为了收预览，高清手机内存早已经将应用清除得一干二净。我做这些究竟是为了什么？追星4年荒废了多少？

可是我又不想放弃喜欢了那么久的他，从他开始我就喜欢他，他一路的成长我都有看在眼里。

虽然我说的话微不足道，可是还是希望能把最好的一切都给他。可是我现在做的同样有千千万万人在做，他又如何看到呢？

谢谢你看到这里。

❋❋❋❋❋　　　　　　　　❋❋❋❋❋

孩子：

你好！

爷爷收到你的来信了，也感受到你的困惑和矛盾。你喜欢这位偶像，恨不得把一切都给他，可你觉得他看不到也感受不到，这样的喜欢是不是就没了意义呢？

在爷爷看来，不是。

我常跟孩子们说，真正追星，真正喜欢一个偶像，不一定要无时无刻地关注着他，追随着他，你们之间应该有一种默契，就算见不到他，你依然喜欢他，他也依然做着让你喜欢的事情，而且他能够给你正能量去努力。

回过头想一想，最开始你刚了解他，他刚走进你生活的时候，引起你好感的是什么呢？或许只是他的一个眼神、一抹微笑、一段歌声、一场舞蹈。那时候，你心里的期待又是什么呢？或许只是多看一次他的演出、买一张他的专辑，甚至是刷着微博等他发一张很帅的自拍照。

后来，你越来越了解他，你越来越喜欢他，想要的也就越来越多，你想要和他握手，你想要和他拥抱，你想要进入他的生活，了解他的心思，甚至把那些跟你一样喜欢他、支持他的人都当成了竞争对手。

于是你难过，你失望，你发现你无论如何也触及不到他，也不比其他人有任何优势去接近他。

但是孩子，你忘了你的初心了吗？

爷爷在网络上看到一篇文章《追星是件小事，你开心最好》，里面有这样一段话：

你虽然为你偶像做了很多事，看起来是一方付出，一方心安理得地享受。

但其实不是这样的。

他们在舞台上的卖力表演，台下的努力训练，其实已经还给你了，你想要的不就是这个吗？

摆正自己的位置，不要让自己过得这么累。

不要让他占据你生命中的大部分。

因为不可得而心累无爱，因为不同所期又心下不忿。

对一件事的依赖来源于这件事本身的美好，不要让一些无端的坏情绪扰乱你追星初衷。

想想你起初所求的，不就是他干净美好的笑容吗？

　　不要忘记了什么才是真正的生活，偶像的生活毕竟不是人人都可以实现的，我们普通人还是要脚踏实地地学习工作。

　　你觉得呢？

🐤 我很喜欢那两个唱歌的小男孩

爷爷：

我想给您讲一个故事。

从前有个小男孩 A，他很喜欢唱歌，当时的他长得并不好看，黑黑的，个子特别矮，但是他被本地的一个很小很小的经纪公司的星探给看中了。A 是这家公司的第一批练习生，而且是年龄最小的。他很认真，为有朝一日能实现自己的明星梦想而努力着。

后来，因为这个公司不大景气，很多人觉得努力也没有回报，就都走了。第一批练习生里只剩下 A 一个。

就在那个时候，小男孩 B 来到了这家公司，作为下一批的练习生参加培训。

A 第一次见到 B 觉得 B 并不好看，觉得他很傻，一点都不喜欢他。

但是在长时间的相处之后，AB 关系特别好，他们一起相互支持，共同进步，挺过了公司的那段低谷期。他们在一个小小的练习室里，公开了翻唱的第一首歌，网络上一下子就火了，甚至还被这首歌的原唱给转发了。

他们喜欢在唱歌的时候相视一笑，这让很多粉丝很喜欢他们，从此这对 CP 就诞生了。

他们开始学着去参加网络节目，简简单单的一张桌子一张沙发组成了一档节目,你笑我闹的相处成为了这档节目的模式。

他们很喜欢唱歌，同姓同行同心，他们合唱了一首又一首歌曲，又演了一部幼稚的儿童剧，拍了一些并不红的网络节目，但他们很满足，因为他们知道有人在喜欢他们。他们一如既往地像以前一样互动，偶尔宠溺地摸头，被前辈欺负了会义无反顾地站出来互相帮助……这些让粉丝们越发喜欢他们，喜欢这些小粉红小暧昧，喜欢他们的纯真善良。

有人说过他们唱歌各有特色，一个音色嘹亮，一个低沉富有磁性，本来是水火不容的两种音色，凑在一起竟然意外的好听。

他们长得很像，竟然会分不出来，可是他们并不是亲戚。

他们总是喜欢穿同款不同色的衣服，或者喜欢一模一样的东西。

他们在脖子后面有着一样的痣，位置刚好相反。

一切都很美好，粉丝们听他们唱歌，他们也一直这样子走了下去。

可是在 2013 年的某一天，突然间加进来了一个成员，他们一起出道了。稚嫩的嗓音、出色的外表收获了很多粉丝。他们上了节目之后开始爆红，一直红到现在。

公司却开始忘了本，因为现在其他粉丝不喜欢他们的合唱，不喜欢他们的历史，所以公司试图抹去 AB 的历史，合唱的视频再也看不到了，以前的节目也都全部没有续集了，就连以前唯一一个留在他们身边的人，也因为新的人的到来而让他走了。粉丝们很难过，因为很久再也没有听见他们的合唱了。

公司不懂得包装，不会给他们提供很好的唱歌平台，让他们疯狂练跳舞，接一些有时不会太好的戏和各种代言。他们在 2016 年还是这么火，赚的钱很多，可是我们却已经一年多听不到合唱了。

新加来的队友背景很好，是个娱乐圈的老人了，懂得让自己的爸妈给队友发很多的微博热搜和话题，然后捧自己一个人贬低 AB 两个人，很多不明白真相的人也都信了，总是会误会 AB 排斥队友。

可在实力上，新来的那个人唱歌并不好，总是会跑调走音，严重拖了后腿，大家一起唱歌的时候就连 AB 都很难帮他把调拉回来。可是即使这样，AB 还是很喜欢和他做朋友。

爷爷，您觉得这时候的 AB 心情会是怎么样，您觉得他们的感情是怎么样的，粉丝该怎么办呢？

❋❋❋❋❋❋   ❋❋❋❋❋❋

孩子：

你好！很高兴收到你的来信。

也感谢你这样耐心地给爷爷讲这几个小男孩的故事，洋洋洒洒写了这么多内容，我知道，你是真的很用心喜欢着他们。

如果爷爷没猜错的话，你故事里的 A 是王俊凯，B 是王源，而那位新来的队友是易烊千玺，对吗？

很多和你一样喜欢他们，或是喜欢这个组合的孩子给爷爷写过信，每个人都多多少少讲过一些他们在意的事情。你的来信倒是帮助爷爷把这些零零散散的片段都拼凑起来了，对于这个组合，爷爷更多了一些了解。

虽然，我们离演艺圈很远，爷爷更是几乎是很少关注。不过，我想，在那些光鲜亮丽的鲜花和掌声背后，这个圈子里的人也有他们的苦楚和不易，而这个圈子本身也充满了规则和变数。像你说的，他们是所属于一家经纪公司，那么谁和谁组合、如何包装，恐怕就不是他们，更不是追随他们的粉丝所能决定的，你说是吗？

爷爷相信，他们三个人对于这当中的游戏规则肯定都深谙于心，他们所经历的肯定也比你见到的更多。即使受到了些不公正的待遇，一定也能自己努力化解。

虽然，爷爷不大懂明星和粉丝之间的种种，只是简单地认为，只要你热爱的东西还在，那就不妨碍你继续追随。他们两个人依然互相帮扶，共同成长，而且他们还一起帮助新加入进来的伙伴适应团队，不正是最初打动你的那种精神吗？他们也还在一起唱歌，共同出席活动，依然有从前的默契和宠溺，脸上依然时刻洋溢着笑容，不也正是一直被你捧在心上的那份美好吗？

至于新来的队友做了什么，局外人没有办法真的了解，但爷爷相信，他们都是纯真又善良的孩子，小小年纪承担起作为偶像的责任，挺不容易的。作为粉丝，多给他们空间吧，相信他们，在他们需要的时候支持他们，就好了。

所以只要你的热爱还在，就去追随他们吧。

爷爷也会多多关注他们，希望他们前程似锦。

❤ 我想和他一起走过后半生

爷爷：

您好！

谢谢您能点开这封信。也希望您能给予我一些帮助。

我追星已经 3 年了，喜欢的偶像大我一岁，和我一样，也是一名学生。

比起其他粉丝对偶像的那种爱，我对于他的爱不只是偶像与粉丝之间的，我很希望离他可以近一点，可以认识他，可以与他超越朋友的关系，一起走过后半生。而这种欲望，一直伴随着我度过了 3 年，从未减退。

我是一个想到了就要去努力实现的人吧，虽然其他人觉得我是痴人说梦，但我自己还是私底下默默地努力着。

可对方毕竟是大明星，我只是千千万万高中生中很平凡的一个。没有惊艳的相貌去演戏，也没有拔尖的成绩。我现在的状态，是一个努力摆脱平凡的女生。几个知道我想法的姑娘都觉得，我应该去参加艺考，考表演系，当演员，和他在一个行业。

"你看好多明星夫妻都是因戏生情啊，拍戏可以制造共同话题，慢慢就有感觉了，同在娱乐圈一切就好说了。"同是粉丝的朋友这样对我说。这也是她的打算。她是一个相貌出众、多才多艺、家境富裕、父母还在娱乐圈有人脉的姑娘，她就打算参加艺考。而她的目标和我一样，我们喜欢同一个明星。

说实话，我有点嫉妒。心里落差让我更想去参加艺考，做明星了。

可是，放开家里人的意见不谈，就算我真的去做明星了，我有很多黑历史啊。两三年前的我，不懂得打点自己，样子很难看，而且口无遮拦惹了很多人，再加上我追星参加了很多粉丝活动，大大小小的视频记录着我的一切黑历史。即使以后我成为了光鲜亮丽的明星，这些黑历史也会拉我下马。现在的网络，让我很害怕。

所以我不敢想去成为明星。可是，不这么做的话，好像离喜欢的人就会很远很远。所以，我很纠结。说白了，就是不适合当明星，可又觉得，不去当就没有办法接近偶像，更别说谈婚论嫁了。

我爸妈都是老师，他们觉得，只要好好学习，这些都不是问题，可是我成绩并不拔尖，离清华北大有点距离，能考进清华北大的一定都是从小就打下基础再加上天资聪颖吧。我不敢想，而且，就算考进去又能怎样呢，两个不同的圈子，不一定会相遇啊。

我很迷茫，不知道该怎么做。

几个月之前，我第一次看他的演唱会，就算是花光了攒了两年的压岁钱，也只是坐在离他很远很远的地方，只能模模糊糊看清轮廓。向他拼命挥手的时候，我真的好想哭啊，觉得离他好远，我很想近一点。我真的很爱他，超越了对偶像的爱。我不敢想如果有一天他公布了恋情，我会多崩溃，所以我必须强迫自己去努力遇见他。

这不是一个小孩子的幼稚想法，而是经过 3 年沉淀还坚持着的执念——我很喜欢他，很想和他在一起，很想很想。

爷爷，希望你能帮我想想办法，我现在真的很迷茫。

�֎�֎�֎✖✖   ✖✖✖✖✖✖

孩子：

你好！收到你的来信，爷爷很高兴。你的烦恼和疑惑，爷爷都明白了，也很理解你。

爷爷并不觉得你想和偶像接近，甚至成为偶像的伴侣是可笑的痴人说梦话。喜欢一个人是不受自己控制的，更不要说你喜欢的是一个这么美好、这么光彩夺目的人。任何人只要在不给他人带来麻烦的情况下，都有权喜欢一个人，有权期待和这个人有一个美好的未来。

这种权利，和有多少人喜欢他，他有多么优秀、多么高不可攀都无关。所以孩子啊，**不要太过于在意外界对你的这份喜爱和执著的嘲笑，喜欢自己喜欢的，追求自己想追求的，别看低了自己。**

但你说你为了偶像想去参加艺考，这可是一件人生大事，爷爷希望你能好好考虑，问问自己，这真的是你想做的吗？你真的想要成为一名艺人吗？除了接近偶像，还有其他动力吗？

　　如果你在深思熟虑之后，依然是肯定的答案，并且有足够的动力支撑你去努力，那就像你信里写的，做"一个想到了就要去努力实现的人吧"。不自哀自怨，成绩不好，就努力学习；长相不够惊艳，就塑造身材，提升气质，注意穿搭；才艺不行，就去报班学习，去苦练。

　　这些都是你能够改变的，不管在什么圈子，成为一个更优秀、一个闪闪发光的人，才是最重要的。很多有名的大明星，曾经都是非常普通的路人，还有些其貌不扬却大红大紫，他们都是付出了超出你想象的努力才得到今天的成就的。没有什么人是天生就适合当"明星"的，不然也就不会有中央戏剧学院和上海戏剧学院这些学校了。你的朋友各方面硬件比你优秀，这应该成为你的动力，而不是放弃的借口。别和别人比较，做好你自己就够了。

　　如果你觉得太难，无法坚持下去，那么爷爷想对你说，在每个人的生命中，都会有这样一个人的存在，他可能是我们心中的偶像，一朵不可触碰的莲花，我们都想能够走到他身边，甚至是拥有他。而终会有一天，我们会发现，其实**美好的东西不一定是据为己有的，能够远观，能够在心中守护他，为他在心中所占据的那片心灵净土而守护，也是一件很美好的事情。放下些许执著和贪念，自己也会很轻松的。**

　　你可以有自己的生活，可以做很多对自己的有益的事，把他当成心中一个珍贵的存在、一份美好，不也是一种喜欢他的方式吗？当你不去强求得到他、和他在一起，就不会那么在意和难过，喜欢就更加纯粹了。

　　祝福他，也放过自己吧。只要他好好的，不就好了吗？

　　希望爷爷的回信能够解答你的疑惑。

　　祝好！

[Part 5]

梦想

/

对未来的一点坚持
再小的心愿也值得尊重

    小时候，我们都曾经面对"你以后想当什么"这样的问题。那时的答案五花八门，或许是有志向的"科学家"，或许是无厘头的"奥特曼"，或许是漫不经心的"流浪歌手"。

    长大后，我们又听到了太多关于"梦想"的宣言和鸡汤。我们的内心总是翻江倒海，一次次问自己，我到底要做什么？我究竟能做成什么？

    其实，每个人来到这个世界，都有一个使命，我们终其一生就是要去不断地寻找、完成这个使命。它是我们心中的一粒种子，对未来的一点坚持，再小的心愿都值得尊重，再大的梦想都应被悉心照料。

但在这个过程中，我们都会碰壁，会沮丧，会怀疑，会迷茫，会感到人生不知道如何继续。韶华易逝，时光荏苒，如果说什么可以代表成长，那就是我们考虑的越来越多，渴望的越来越多，失望的也多了起来。我们都想尽快融入这个世界，但欲速则不达，凡事都不是一日做成的，首先不能着急，其次不能害怕。

面对挫折，我们需要成为梦想的守护者；在现实面前，我们更需要成为梦想的践行者。

希望我们都具有探索未知世界和真理的锐意，试图完善自我和社会的理想，和为践行理想不计得失和名利的决绝。

在最美的年纪，别辜负了最好的自己。

加油！

🕊 我需要一个坚持下去的理由

亲爱的爷爷：

　　就这样处在一个最好的年龄。

　　试题的烦琐压抑着每个人。试卷的一角被风轻轻吹起，抚平后在慢悠悠转动着的电风扇下继续做题。耳边的碎发怎么也捋不完，任由它在视线的余光里飞舞。阳光打着旋从树叶缝里转动下来，映得课桌光影斑驳，细小的灰尘浮在空气中，愈发清楚。

　　下课的铃声总是比预计的时间来得迟一些，少女怀春的心事也总是如此明显。干净明亮的少年从窗边走过，额前细碎的短发遮住了眉眼，偶然间对视，却又快速撇开视线。好友的话语在耳旁叽喳，装作仔细听着，可目光却追随着少年高大挺拔的背影，脸颊禁不住微微发热，生怕自己懵懂无知的心事被人知晓，将那个身着校服的少年和不谙世事的自己掩着藏着，埋入心底。

　　快4月了，这座南方小镇已开始闷热，太阳已不再吝啬给予人们温暖，小道旁的花，也不再凋落。尽管试卷的红叉依然醒目、一笔一画写出的文章得不到老师欣赏、中意的少年从未相识，但这些并不影响我对生活的喜爱。

这些喜爱，或许，别人是看不到的吧，看不到我对文字的热爱，看不到我内心深处的世界。就连我父母也不理解我，他们常说作家是最没前途的职业，写那些劳什子有什么用。所以，我的这些小心思只能写给爷爷了吧。

爷爷，你知道吗？我希望当我望向窗外时，是明亮的，有湛蓝的天空，一丝一丝的云在一望无际的蓝色里拉扯着，太阳又大又温暖，照射着我的脸庞。我希望这时的我，眼睛里倒映出来的，会是我的未来。

爷爷，给我鼓励吧，至少，您能不能告诉我，坚持着这样的热爱，这样的旁人所丢弃所浪费的热爱，是对的吗？

我并不是没有怀疑过自己呀，智商连黑板上的小数点都比不上，我珍惜着爱护着的文字得不到任何一人的感同身受，至于那个少年，或许，我喜欢的，也只是那个喜欢着他的自己吧。

爷爷，您能给我坚持下去的理由吗？

✻✻✻✻✻✻   ✻✻✻✻✻✻

孩子：

你好！展信悦。

爷爷很高兴能收到你的来信。看得出，你是一个热爱生活，热爱文字，热爱每一天的清晨、正午和傍晚的孩子，爷爷很喜欢你，也很喜欢你的文字。

花样的年纪，繁重的课业，即使每天有那么多做不完的试卷，有深埋心底的小情愫，你仍像是盛开不败的太阳花，欣欣向荣，充满希望。真是难得。

你问爷爷是不是应该坚持，爷爷也要问你一句：为什么不呢？

你所喜爱的文字能带给你快乐、带给你希望、带给你享受，让你尝试着去读更多的书，变成更好的你自己，这是多么值得坚持的一件事儿。

在爷爷看来，梦想，就是我们心中的一粒种子，是对未来的一点坚持。再小的心愿都值得尊重，再大的梦想都应被悉心照料。

社会上有许多成年人，混着日子，一事无成，他们不知道自己到底要做什么，也从来不曾思考这个问题，只是很认命地将自己塑造成为社会所期望的样子，不疑惑，不反抗，不要求任何条件。

相比之下，你的坚持多么可贵。

人啊，必须找到自己的梦，才会拥有前进的动力，才能体会到人生的价值，收获快乐，发自肺腑地满足。

当然，我们也不得不承认，并不是所有的梦想都能变成现实，但与其临渊羡鱼，不如退而结网；与其花时间去等待，不如加快步伐去追寻梦想。你说呢？

当然，爷爷也能够理解你父母的担忧，长辈总是期望孩子们能够依循他们认为安全、有前途的道路前进，这很正常。同学们和老师们也有各自认为有价值、有意义的东西，我们同样也很难要求他们都理解自己，想法不一样也是正常的。

可事实上，我们在成长的过程中所遇到的大部分人，都只是路过我们的人生，他们看到你做什么，指指点点说了什么，都止于此。接下来，他们继续他们的人生，你继续做你想做的事情。如果只是因为别人的眼光而停下你所想要完成的事情，这多不值得。

所以，只要你明白自己为什么要当作家，以及这件事情对你的意义就可以了。毕竟，梦想是发自内心想要去做的事，而不是为了得到别人的肯定才去做的事。更何况，你写下的那些文字，不管别人如何评论、是否认可，都会是你记忆里最宝贵的财富。你说呢？

爷爷相信，如果成为一名作家，真的是你的梦想，无论未来我们是否走向其他的人生道路，梦想都有实现的可能。也许它会比别人来得更辛苦一些，也许它实现得会更加曲折，但只要我们不放弃，就有希望。

而那个少年，或许也会在你一步一步成长和追梦的过程中注意到你，又或许经过岁月长河之后，你会把他深埋在心底。无论哪一种可能，换个角度看看都是美好的。

所以，要加油，要努力。

爷爷期待有朝一日看到你的作品。

🦆 我热爱那片蓝天和星空

敬爱的爷爷：

您好！

我的故乡在湖北，我从小是个听话的孩子，从小学到初中，学习也还不错，也曾立志一定会考上军校。

然而，高考却名落孙山，只考上了不入流的学校，于是保留学籍，参军入伍，马上9月份就要离开故乡去部队了。有人说当兵光荣，可我现在心绪复杂。

偶然间发现了"有间杂货店"，想着尽述衷肠。望爷爷不嫌繁杂啰唆，能为我解愁一二。

小的时候，从来就不会像其他孩子一样说考什么名牌大学，我对那些虚浮的想法从来不感兴趣。只是与生俱来地对蓝天、星空有强烈的渴望与热爱。于是，成为空军飞行员、航天员便是我唯一的梦。

然而，即便很小心地保护视力，学习的压力还是让视力不知不觉地下降。高三时空军、海军、民航招飞，皆因视力原因被淘汰。看着那蓝色的军装，在队伍末尾，泪水不知不觉地浸

湿衣襟，那个梦也渐行渐远了。我不知命运为何物，若我注定
无法触摸那个梦，为何还要让我对那个梦有着与生俱来的强烈
的渴望呢？

有人说，当梦想注定无法实现时，你只好退而求其次。
然而，我又注定与这退而求其次无缘，即便是当一名普通军官
的梦想，也无法实现。因为军校的分数线让我高攀不起。班上
一位排名前十的同学考上了军校，让我羡慕。我也知道，我的
成绩即使复读依然不可能考上，毕竟有谁复读 9 个月就可以提
200 分呢。

无奈之下，做出入伍参军的选择，打算两年后参加部队军考。
如果可以，那是最后一次考军校的机会。可去的部队不是演练
打仗的解放军，而是武警部队。由于暑假也去了武警部队体验
生活，才知道，自己的心气比较高，只是体验生活，就有些受
不了那等级间的强烈差距，小小列兵，真的什么地位都没有。

我迷茫，不知选择到底是对还是错，但已无法回头。部队
的生活枯燥、寂寞、没有自由，时间紧，只能用睡觉的时间来
学习，还不能用手机。父母给我买了齐滕高的军考复习资料。
去部队考试的人多，压力也不比高考小，况且，只有两年后的
一次机会。

看着同学们都去大学了，而我会失联两年，这种感觉依然
不好，况且，我都没敢告诉他们我去当兵，怕他们笑我，尤其
是考上了军校的同学。

两年不能回家，过年过节也不可以，心情也不舒畅。

人的命运总是那么不同，有些人能实现梦想，有人穷其一

生都无法触摸。命运无法参透，但我相信，出现在我生命中的一切，皆是因缘而来因缘而去。但即使这么想，也不能让我放下繁杂的心绪。

那些关于蓝天、星空的奇妙感觉，就像上一世在喝下孟婆汤之后，在今世残存的余念。

感谢爷爷能听我诉说，所述之纷繁复杂，望您谅解！这些话我从来没跟任何人说过，因为我知道即使跟别人说了，也不会有人理解。只是，如果我不说，怕是以后想说也不会有时间了。

这是我人生的梦想与现实的真实写照。

只是疑惑迷茫太多，让我了无头绪。面对寺院古佛，我也曾发问。估计是问得太多，尊佛只是静默，默然不语，只那金塑的眼神似苍茫大海。我作揖，转身离去。

爷爷，这是我第一次对陌生的人诉说，十分感谢您的聆听。期待您的回信。

此致
敬礼！

❋❋❋❋❋❋   ❋❋❋❋❋❋

孩子：

你好！爷爷已经收到你的来信。

一口气读完，爷爷感受到此时此刻你内心深处郁郁不得志的失落、难过和彷徨。或许这就是人们常说的"理想是丰满的，现实是骨感的"。

同时，爷爷也看到了你的不甘心，你从未放弃过自己，无论是视力下降惜别蓝天，还是高考落榜无缘军校，你都从未放弃梦想，哪怕是退而求其次，都那么坚定要从军。与命运较真的这份决心，让人佩服。

的确，**我们不见得一辈子永远都只坚守那一个执念，但无论是做什么，都需要努力。**虽然人生路不会永远顺畅，但也从来"天无绝人之路"。人生最清晰的脚印，往往也就印在最泥泞的路上。

爷爷相信，那些关于蓝天和星空的梦想，就像是神明一般，在指引你向前，会让你在艰难险阻面前变得高大无比。

你知道吗？**很多东西都是需要你勇敢地跨出一步才会有意外的收获的，如果只是一直待在同一个地方想着这些所谓的理想梦想，那恐怕是永远都不会实现了。但只要你愿意去努力，任何的梦想都能够开花。**

爷爷特别高兴看到你已经跨出了下一步，虽然，我们都不知道去当兵这个选择对不对。说到底，人们并没有足够的睿智，去替自己挑选一条没有曲折的康庄大道走。**因为，风险是一种生活常态，它不仅仅是你做出一个选择后随之产生的，它充斥着周遭生活，但它不是我们不敢前行的说辞。**

哪怕最终我们依然不能如愿以偿地收获自己想要的，但所有的事情都值得我们去尝试，哪怕结局不好。但至少，你挑战了自己，勇敢地渴望、期待并且迈出了第一步。

我相信，只要秉持信念，总能看到希望。

爷爷祝福你会有美好的未来。

　　不知什么时候才能再收到你的来信。在军营里记得照顾好自己，得空的时候，就给爷爷来信报个平安吧。

🕊 我不想放弃音乐的梦想

爷爷：

您好！

我是一个很普通的高中生。但是我从初二就开始有一个梦想，我想成为音乐人，想成为一个 rapper，我想过那种靠自己才华吃饭的人，作词作曲这种感觉我真的很喜欢。

很早之前，我就开始想把自己做的曲子投给各个公司，但是一直没有勇气。这么拖了两年，直到前几天韩国某公司有选秀活动，我报名了，我跟自己说这是我第一次也是最后一次尝试，过了就去，不过就放弃。当我录好视频后，我感到前所未有的轻松和开心，我觉得我自己努力了，不管结果我都能接受。结果出来了，我并没有被选上。原本告诉自己只尝试这一次，出了结果后发现自己并不甘心。

爷爷，说起来你可能会觉得很诧异，我的学校是全国排名前几的学校（哪个学校就不说了，我这不是给学校争光的事）。大家都觉得既然成绩这么好，为什么会想走音乐这条路，而且还是小众的 hiphop。我的家长都盼望我能考一个全国前十的大学，将来找一份稳定的工作，就这样生活。说真的，相比这种平淡的生活，我更向往那种自由的不受约束的生活。但是我也知道，音乐这条路，不好走。可是，我还是好想成为一个音乐人。

但是，再开学我就要高二了，如果要考个好大学的话，就不能再这么扑在音乐上不努力学习了。我不想放弃，但又怕自己确实没那个天赋，真的很纠结。我不知道如果自己放弃了音乐还能有什么梦想，我甚至都不知道自己以后大学想学什么专业。

虽然我的同学都跟我说有梦想、相信自己有实力就一定要坚持，但我又不想辜负爸妈的付出。也许很多人会觉得我矫情，但我真的不想放弃。

爷爷，我到底该怎样选择呢？拜托爷爷了。

❋❋❋❋❋❋   ❋❋❋❋❋❋

亲爱的孩子：

你好！爷爷收到你的来信了。

看了你的梦想和追梦的过程，爷爷被你打动了，真羡慕你这个年纪的孩子，这样年轻，还有很多的时间和机会去追逐自己喜欢的东西，做自己喜欢的事情。若时光能够倒流，生命可以重来，爷爷一定会毫不犹豫地坚持那些梦想，或许爷爷的这一生就改变了吧。

可惜掉落在地上的冰淇淋已经融化了，可惜气球飞远了，可惜身边的伙伴已经离去，可惜时光无法倒流，可惜……好可惜。

你知道吗？很多人之所以在生活中一事无成，最根本的原因是在于他们不知道自己到底要做什么。在生活和工作中，明确自己的目标和方向是非常必要的。只有在知道你的目标是什么、你到底想做什么之后，你才能够达到自己的目的，你的梦想才会变成现实。

有句歌词是：我盼望所有的梦想都开花。所以，有梦想的人是幸福的，你也是幸福的。

不过，和很多怀揣梦想的孩子一样，你也遇到了那个难题。

家长盼望你能考一个全国前十的大学，再找一份稳定的工作，恐怕不会支持你走音乐这条路，爷爷理解他们的心情。这是他们对孩子的爱护，无非希望你走一条不那么艰难的道路。当然，爷爷更能理解你的心情，想做的事情不能做，必须要做的又不是自己喜欢的，因为不喜欢所以更不想做，日子可能就这样一天天浪费了。

其实，很多人会遇到这种两难的处境。这时需要你做出抉择，也许这个过程很痛苦，但是，也要勇敢面对。你现在才高一，一切都还来得及。

如果，依然很坚定，那就需要在与父母的沟通中多付出些努力。爷爷相信，只要是你真心喜欢，并让父母看到你的坚持和努力，他们会做出让步。

如果，你决定暂时搁置这个想法，那就做好两手打算。有时候，一心二用也是很考验一个人的，你不妨挑战一下自己。

其实，你的成绩本来就很好，爷爷相信你的能力。未来，说不定你会发现，良好的教育能促使你把音乐做得更有深度，更打动人。

另外，也别因为一次选秀的失败而心灰意冷，它并不能决定什么，如果是金子的话，总会发光的。只是这一次，它被不小心掩埋了而已。你要通过自己的努力去让自己变得璀璨，当你光芒万丈时，自然会有人慕名而来。

总之，爷爷想告诉你，虽然并不是所有的梦想都能变成现实，但是临渊羡鱼，不如退而结网，与其花时间去等待、去犹豫，不如加快步伐，先行动起来。要相信，梦想就像一粒种子，播下它，勤照管，终有一天会发芽开花结果。就算这个过程会让你身体和心理疲惫，但你也会在汗水中收获颇丰。

所以，要加油，要努力。

爷爷支持你。

期待你的回信，祝好！

🕊 我没有梦想，只是随遇而安

爷爷：

你好！

在今天之前，我一直觉得大家应该都跟我一样，没什么大的志向，没有所谓"梦想"，没有目标，对今后的道路一无所知，随遇而安。

今天，我去了那所我很努力才考上的很棒的高中报到。新同学都很好，很热情，我们很快就聊开了、混熟了。后来，不知道谁先起的头，大家的话题转移到了梦想的大学。

起初，我觉得很可笑，才刚中考完，他们就这么着急要考虑上大学的事儿？可后来，我忽然有了恐慌感，看到他们的目标都那么的明确，要上什么大学，甚至要学什么专业，都已经想好了。而我却还是这样浑浑噩噩，天真地什么都不考虑，甚至都不知道为什么要学习。虽然，我努力考上了这所高中，其实，也只是为了不让爱我的人、信任我的人失望而已，除此之外，我还是对未来毫无预期，毫无打算。

渐渐的，我开始羡慕他们，看到他们为了心中的目标全心全意去努力的样子。我越来越觉得，为了梦想而执著前进的他们，简直熠熠生辉。

人家说，人比人气死人，真的，看看他们，再看看我自己，真的差太多了。我没有目标，不知道该怎样去努力，没有梦想，甚至都没有什么特别爱好的事情啊……

爷爷，你说，我怎么办呢？怎么才能有梦想呢？

✱✱✱✱✱✱   ✱✱✱✱✱✱

孩子：

你好！爷爷收到你的来信了。

很高兴看到你说考上了理想的高中，这有多不容易，多少次挑灯夜读，付出了怎样的辛苦，旁人真的很难想象，只有自己最清楚，所以，爷爷觉我们首先要感谢自己的努力，给自己一个大大的拥抱吧。

至于你在信里提到的入学第一天发生的事情，爷爷也挺意外的。在这个年纪，有这么明确的理想和抱负，确实值得钦佩。我想这也恰恰证明你所在的真的是一所很不错的高中，汇集了这样一群优秀的学生，当然，也包括你，孩子。

只是，在与他们比较的时候，你突然不安了起来，爷爷能够理解这种感觉。你知道吗，**我们人类大部分的情绪都来自于比较，我们都有过这样的经验，在充满着阻碍的前进路途中，只要我们的眼睛看向了别人的方向，自己的脚步就会不由自主地慢慢停下来。**

其实很多孩子都曾经这样自问：我有一技之长吗？没有。

我喜欢做什么？不知道。

我擅长做什么？好像什么都不太行。

然后陷入深深的自卑，讨厌这么不成器的自己。但他们都忘了，大部分孩子，都会经历这样的阶段，会不知所措，会对未来不明所以。就像你的那些同学们，也不见得生来就知道自己要读什么大学，念什么专业，不是吗？

只不过，有的人成长得比较快，会早早地规划自己，而有的人只想简简单单地活在当下就好，顺其自然。其实我们无法单一地评判他们谁对谁错，只是两种不同的生活方式而已，或者理解为这就是两种不同的目标和追求。所以，我们可以佩服他们目标明确的坚定，同样也应该相信自己终会找到适合自己的道路。

另外，在爷爷看来，**青春期时候的迷茫感，特别珍贵。这就好比一个黑漆漆的房间里，有一个被包裹住的灯笼，如果不着急跑出屋外，我们就会发现包裹中的光，那是我们接触自己此生原本使命的良机。**

所以，别怕这种感觉，别因为不舒服而急于摆脱，我们就有机会和内在真正的自己见面。迷茫意味着思考的良机，因为有这样一段时间，我们可以开始思考对于生命我们在热爱什么，有怎样的期待和追求。

《解忧杂货店》书里有这样一段话：你画的地图是一张白纸，所以，即使想决定目的地，也不知道路在哪里。地图是白纸当然很伤脑筋，任何人都会不知所措。但是不妨换一个角度思考，正因为是白纸，所以可以画任何地图，一切都掌握在你自己手上。你很自由，充满了无限可能。

如果你实在不知道未来要做些什么，不妨回头去整理一下自己的过往，那些曾经令你激动万分、心生向往的事情，那些曾经让你热泪盈眶、泣不成声的事情，那些曾经让你恼羞成怒、义愤填膺的事情……也许在这其中，会藏着属于你的珍宝，你对未来又会多几分坚定吧。

好孩子，认清自己是一个漫长又奇妙的过程，每个人来到这个世界，都有一个使命，我们终其一生就是要去不断地寻找、完成这个使命。或许我们的天赋没有早早显现，不像那些歌手、画家，打小就知道自己擅长并喜欢做的事情，并用一生去唱歌、画画。

而我们是平凡中又不平凡的一员，走在这条寻找自我、不断丰富自己、不断认识世界的路上。庆幸的是，你不是一个人，你还有爷爷，爷爷虽然年长，但也在这条路上不断地去发现不一样的自己。当知道自己想要去做并且擅长做的事时，付诸行动，实现目标就变成了一个享受的过程，有动力，有高兴。

总的来说，每个人的成长路径大可不必都一样，你想成为什么样的人，你想要做什么样的事，都可以根据自己的内心。在没找到自己的目标之前，可以多尝试、多寻找，相信只要坚持寻觅，期待就会愈加明朗并实现的。

希望爷爷的话能帮到你。不管怎样，爷爷都会在这儿陪伴你。

期待你的回复。祝好！

☁ 未来的生活会不会是我想的模样

爷爷：

你好！

多年未写过信了，倒是让人有些怀念。^_^

我是一个来自辽宁的女孩，独自一人在杭州读书。明天开始就要去实习单位实习。

我从事的实习工作并不和专业对口。我呢，学的是国际航运业务管理，却面试了客服工作。在同学们看来，这个工作并没有什么前途，所以他们总是反复问我是不是决定了。虽然，我每次都坚定地回答：我决定了！但其实，心里还是忐忑的。

一方面，我觉得这个单位挺好的，大公司，还是国有控股集团，人文环境也不错。但从另一方面看，似乎客服确实没什么技术含量，没什么发展前途和上升空间。说实话，我也没太在意这些，因为我最想要的就是能在一个和谐的环境下工作，没有太多的纷扰。只不过我也不知道未来的工作生活到底会不会是我想象的模样。

爷爷，对于步入社会我心里是怕的。我害怕要理性地看待社会，害怕自己要面对江湖险恶，害怕以后的生活总要不断地和陌生人打交道，害怕以后的生活要伴随饭局酒桌，害怕和身边人的交集都躲不开利益，害怕所有复杂的东西、成人的世界。

明天，我就要摘掉学生的身份，进入职场了。不管心里怎样想，都要去面对。时间就是这么冷酷无情，不会因为你的任何想法而停下脚步。我到现在也不知道我选择的到底是对还是错，我也不知道未来的路到底该怎么走才是好。但是选择了，我想还是就这么走下去，毕竟，所有的路都只有走了才知道。如果最后错了，那我也只能接受。

爷爷，您说是吗？

❋❋❋❋❋❋   ❋❋❋❋❋❋

孩子：

你好！

你的来信爷爷认真看完了。首先要恭喜你的人生顺利地步入了新的季节！

看得出季节的变换确实让你心情有些复杂：有对时间流逝的感慨，有对未来方向的迷茫，有对新生活的期待，也有对未知的小恐惧。

相信你的同学们也大多是这样的心情，你一定不是唯一的那一个。更广泛地说，每个人在不同的生命季节里，都会有和你几乎一样的心情。这非常普遍，也非常正常。

从你的来信中，爷爷还看到你与众不同的一面。虽然对未来有些迷茫，但对于当下要开始的工作选择，是有非常理性的思考：你很清楚自己想要的工作是什么样的，这真的非常重要，它会帮你排除很多不必要的干扰，专注享受工作本身带给你的满足感。目前看来，这份工作基本符合你的要求，值得你去期待，对吗？

不过，坦白讲，一份完全让人满意的工作几乎不存在。对于未知，我们也确实会迷茫，也容易有担心，像你说的，不知道会不会和自己期待的一样，爷爷能够理解你。但好在有实习这个机会，不妨把握住这段时间，一边实习一边感受是否适合自己，相信你会有更深的体会。

另外，从校园走向职场，的确会有让人很忐忑的心情。爷爷看过很多和你处在同一阶段的孩子的来信，像你列举的那些可能性不一定绝对存在，也确实不一定不存在。每个人的经历不同，看法也不同，这都需要去摸索和探寻，也是成长的必经之路。

也像你说的那样，选择是和承担选择结果挂钩的。眼下，你已经做好了思想准备，下一步就是实践和行动了。

总之，职场是一个充满挑战和历练的环境，爷爷看到你很渴望持守住真诚、善良、简单、平衡。爷爷相信你能够守住这些，更相信有了这些重要的品格，再加上成熟的阅历，你的生命之花会在新季节绽放得更加美好的。

期待很快能再收到你的来信，告诉爷爷你的收获和心情。

享受成长的快乐，享受新季节的新成长！

❤ 没有动力，如何前行

爷爷：

您好！

我是一名高二的学生，明年就要高考了。

我知道自己必须努力，为了美好的将来，但是我就好像一列缺少燃料的火车，没有动力，无法向前行驶。其实，初中的时候，我认为自己很优秀，也考上了我们市里的重点高中。可现在，身边有太多优秀的人，让我的自信心一点点溃散，成绩也开始下滑，感觉一切都不再如自己所愿，人也开始变得敏感、抑郁。

我不知道该怎样让自己恢复自信，拥有动力，真不知道该怎么办才好。我很迷茫，就像陷入了一个循环往复的怪圈——懒散、失利、立志、懒散。我知道自己必须向前，却又对自己无可奈何。

现在，我总觉得自己和别人的差距太大，害怕自己没有办法考上理想的大学，也害怕自己的努力没有回报。但更可怕的是，我的内心竟然那么平静，看着一次次下滑的成绩，都泛不起多少波澜。我真的不知道该怎么做，怎么样才能将麻木的自己唤醒。

表面上的我是个乐观的女孩，整天没心没肺地哈哈大笑，可实际上我的内心却脆弱得可怕。我会因为别人的话而胡思乱想，会难过。有时我也觉得自己很累，那副微笑的面具快令我窒息！我开始颓废，将自己沉迷于网络。我知道自己想要去努力，想要去拼搏，可一次次我都将这份信念掩埋，淹没。总感觉自己像陷入了一张蜘蛛网，无论自己怎么挣扎，都毫无作用。我真的快要崩溃了！

也许死了会解脱，可心里又会不甘。我知道自己很平凡，颜值低，胖，学习也不够优秀，也没有很多朋友，不会说，不会唱，不能文，也不能武。真的好讨厌这样的自己，我到底要怎么做才好？

❀❀❀❀❀❀   ❀❀❀❀❀❀

孩子：

你好！爷爷已经收到了你的来信，很高兴认识你。

从你的来信中，爷爷感受到了你的迷茫，你的苦恼、你很想努力，却找不回你前进的动力，不知道如何是好。如果可以，爷爷很想来到你面前抱抱你，安慰你，给你勇气和力量。

看得出，你是个对自己的未来有期待也有要求的孩子，可能是自己一时学习上不得法，自信心越来越受挫。也可能是心里的期望和目标无形中给了自己太大的压力。压力有时候会成为我们前进的动力，但过多的压力会成为我们的负担，也会成为前进的阻力，让我们失去原有的动力和自信。再加上处在人才济济的重点高中，同学们都曾是各个初中的拔尖学生，竞争激烈，心里难免会有落差——自己一下子显得不那么出众了。

爷爷知道，每个人的心里也都藏着一份小小的骄傲，一颗不服输的心。只是，这世上本就人外有人，天外有天，但每个人都会有自己最厉害的地方，你也是。所以，我们需要调整心态。

爷爷给你讲一个故事吧。有一对性格迥异的双胞胎，哥哥是彻头彻尾的悲观主义者，弟弟则像个天生的乐天派。在他们 8 岁那年的圣诞节前夕，家里人为他们准备了不同的礼物：给哥哥的礼物是一辆崭新的自行车，给弟弟的礼物则是满满的一盒马粪。

拆礼物的时候到了，所有人都等着看他们的反应。哥哥先拆开他那个巨大的盒子，竟然哭了起来："你们知道我不会骑自行车！而且外面还下着这么大的雪！"

正当父母手忙脚乱地哄他高兴的时候，弟弟好奇地打开了属于他的那个盒子。房间里顿时充满了一股马粪的味道。出乎意料，弟弟欢呼了一声，兴致勃勃地东张西望起来："快告诉我，你们把马藏在哪儿了？"

你看，对于一个悲观的人来说，天下没有一张合适他的凳子；但对于一个快乐的人来说，即使天空下着雨，他的心也是明媚的。

我们的人生就是这样，你永远不可能知道下一秒会发生什么，或许我们只能做的是尽己所能去适应它。就像现在的你，压力大，不自信，但与其这样一直陷在这个泥潭里停滞不前，找借口，逃避，倒不如积极乐观地重新站起尝试行走，你说呢？

试着多给自己一些信心，也多给自己一些肯定。试着将自己的梦想细化成一个一个小小的目标，一来容易达成，二来也不会给自己额外的压力，更容易坚持下去。然后，当我们感觉有了收获，就试着给自己一些小小奖励，比如说买一件喜欢的东西，或者去哪里玩一天放松一下。有鼓励，也会让自己有信心去完成下一个目标。

另外，爷爷想跟你说的是，在学习技能或者知识的时候，我们都遇到过，在一段时间内，不论如何努力，成绩或者技能总是没有太大的提升，觉得一切都无从下手。这就是所谓的"高原现象"，或者说"瓶颈期"。这是因为，在不断学习的过程中，知识在不断增加，不足也在逐渐暴露，很有可能以往的学习方法不能满足现有知识的学习需要。

所以，别害怕，**当你遇到困难的时候，当你觉得无比艰难的时候。**其实正是即将要突破瓶颈的时候。不妨多和同学、老师交流、探讨，然后不急不躁地按照自己的计划继续学习。毕竟，知识的融会贯通和内化不是一朝一夕可以形成的，需要自己有足够的知识储备，要有一颗善于思考的心。

好孩子，加油吧！爷爷相信你，你也要相信自己哦。

Part 6

人际关系

没有人是一座孤岛
在大海里独居

很多来信中，经常能看见类似的话语：

"爷爷，在这里，我没有朋友。"

"我总是忍耐，他们为什么反而得寸进尺？"

"也许，她并不是能和我走到最后的那个好闺蜜吧！"

"虽然我总是沉默，安安静静地一个人，可我也希望能被看到啊！"

"我曾经试图改变自己的性格，可到最后发现，我根本做不到，一切都是徒劳。"

"我不是很会说话，他们都笑话我，可我已经很努力了啊。"

"是不是很多人的室友都是这样，自私又不近人情？"

"既然早晚都要分离，我们还有必要付出真心吗？"

"那天在校门口，我看见一群人向我走来……"

"三个人的友谊，我宁愿一个人待着！"

"你说，异性之间有纯友谊吗？"

"爷爷，我是外向的孤独患者。"

人类是一种群居动物，每天都要应付着各种复杂的人际关系。处在青春风暴里的孩子，同样如此。

有的孩子在处理类似问题时，时常暂时放弃自己的内心需要，来获得他人的关注：他们渴望着得到他人的认可，异常在意别人的看法；当发现自己内向敏感时，感到手足无措，担心自己被孤立，不被理解；或是总充当着"便利贴"，认为只有这样自己才能被留意。

有的孩子反其道而行之，漠视身边的一切，以一种脱离的姿态来让自己不受伤害：不愿意付出自己的真心，害怕一颗真心被辜负；喜欢一个人自由自在的生活状态，与他人建立起一道无法逾越的心理屏障；看到另外两个朋友关系更好，所以选择竖起自己的刺，疏离他们。

所以，爷爷觉得：如何面对他人、维持怎样的人际关系，从某种程度上来说，取决于自己内心的需要。正视自己的内心需求，当我们想要分享时，就去分享和倾诉，无论是何种真挚的感情。友情、爱情、亲情，都需要双方有一种彼此都习惯和适应的相处模式。当我们想要独处时，学习享受一个人的时光，也很好。

正如《没有人是一座孤岛》里面的一段话所说："没有谁能像一座孤岛，在大海里独居。每个人都像一块泥土，连接成整块陆地。"即使每个人都是独立的个体，交流和磨合会让我们更好地连接在一起，这其实也是一件挺美好的事情。只是，磨合的过程并不总是美好的，但都会变成我们生命的一部分，让我们能成长起来，让这块陆地生长得更好。

🕊 今天，你竖起自己的刺了吗

爷爷：

　　您好！展信安。

　　最近您还好吗？天气冷，注意保暖。今天是 2016 年的最后一天了，我在这儿祝您新年快乐！

　　想跟爷爷说说最近的事儿。

　　我和朋友吵架了，我们是三个人的友谊，但我总觉得自己被忽略。前两天，我们一起说到了这件事情，可能是我的说话、处理方式太过激，我们草草结束了谈话。虽说是谈话，嗯，更应该说是争吵。我们结束了三个人的友谊。

　　现在的状态就是，她们两个人，我一个人，她们打闹她们的，我做我的事。虽然在一个班，对彼此而言都是空气一般的存在。

　　仔细想来，我在这个学校的友谊没有一个是 happy ending，以至于我现在都在质疑自己到底适不适合这里，准备转走了。但对接我的却是现在学校的竞争学校（都是私立高中）。对接的学校说要下个学期开学才能咨询插班考试的问题。

所以现在很苦恼，生怕对接学校不重视我。

我现在待在这里感觉好压抑，却又要以一个无所畏惧、泰然处之的样子面对这一切，好累。

其实我还是有朋友的，但是她们也有一个固定的圈子，不能时时刻刻都来给我安慰。我也不想加入她们，破坏了她们的友情，怕我会自私耍小脾气。

生活是不是本就不那么尽如人意？

祝安好！

❋❋❋❋❋❋❋   ❋❋❋❋❋❋❋

孩子：

你好！爷爷已经看到你的来信。

谢谢你的关心和祝福，爷爷很好，每天看着你们的来信，用心回复每一封信，过得很充实。

看了你的故事，爷爷禁不住心疼起来，你觉得自己被忽略，结束了自己的友谊；你害怕破坏她们的友谊而刻意地隔离自己，处理的方式如此决绝，不给自己留一点机会。貌似很坚强，但爷爷能体会，其实内心是如此脆弱，如此渴望着她们可以重视你、关注你。

这让爷爷想起另外一个女孩的故事。起初的场景，与你惊人的相似。她们也是三个人的友谊，她感觉另外两个女生在一起更好，自己被忽视了，所以也有了争吵和分歧，她让其中一个朋友做出选择，而那个朋友很为难，并没有做出选择。

当时她觉得：朋友不选自己就是默认放弃自己，所以也是决绝地离开，不再有交集。

后来很多年过去了，她们三人因为某些原因重聚，她问出当年不能释怀的问题：为什么没有选择自己。她的朋友很无奈："**我们一直把你当成好朋友，可是你一直要把自己隔离出去，我们那时真的希望你能回来。**"

她感慨不已，非常后悔，也在纠结当年的那个决定是不是错误的。

可是过去的终究是过去了，她用了这么长时间才明白：**没有人不重视自己，自己对自己的质疑也很痛苦，可是那时候的自己不够强大，只能像个刺猬一样，竖起满身的刺保护自己，一直期盼着等待着别人的安慰，却没有意识到别人被自己的刺吓到了。**

孩子，不知道你看完她的故事有何想法呢？朋友之间可以相互打闹。如果自己担心很多，朋友与自己相处也会有所顾忌，你说呢？所以试着放下自己内心的禁锢，坦然地相处，即使自己会有一些小脾气也无伤大雅，毕竟谁都不是完美的。

正如你所疑惑的那样：**生活确实会有很多不如意，但是美好和温情更多。**你刚到公交车站，你想坐的那路公交车正好缓缓驶来；准备喝水时，水温是比较适宜的温度；耳机里随机播放的音乐，恰好切换到了自己喜欢的那一首。所以我们生活在前行的途中，真的有很多美景和值得自己用心体会的情节，只是一直被自己忽视而已。

爷爷知道，**你很敏感，这会让自己想很多也会增加烦恼，**

但这也是你的优点，你会对事情有更深的体会和感触，看到别人不会注意的细节和层面。所以，聪慧如你，相信会有所启发。

期待你的好心情。明天就是元旦了，新的一年，新的开始，期待你的再次来信，诉说自己新的故事和心情。

祝元旦快乐！

室友选择无视我了

爷爷：

最近好吗？

好久没给你写信了呢。每次心烦的时候都会想到你，可能，我现在唯一能相信的人就是你了吧！

之前和室友闹过矛盾，关系一直不好，现在关系缓和了，但她们好像一直在疏远我。虽然和我讲话，虽然有时会开玩笑，但给我的感觉，就像她们是一家人，而我只是个外人，有的时候她们会集体讲悄悄话，还很奇怪地看着我。

我也没办法去认识新的朋友，因为我们是一个一个宿舍的，大家都和自己的室友关系好，很少会和"外来人"一起玩（之前我已经试过了），所以我特别想和室友关系搞好。

我不知道该怎么办，好像我是个透明的人，她们总是无视我。我知道是因为之前闹矛盾，但她们给我的感觉很讨厌。

今天她们又无视我了，原因就是我一个室友说我背地里到处说她的坏话，可是我并没有。我想搞清楚事情，可她们说我这个人死脑筋，事情都过了还闹。我只是想搞清楚这件事，并没有想闹的想法啊。我这个人正如爷爷说的很敏感，我受不了朋友不理我，每次这样我的头都好痛，炒鸡烦。或许你会让我别想这些，好好学习，可我好像做不来，我无法不去想，很辛苦。

✳✳✳✳✳✳   ✳✳✳✳✳✳

孩子：

你好！爷爷很高兴再次收到你的来信。

首先要谢谢你的关心，爷爷最近很好。不过爷爷从你的来信中，感受到了你的困扰，和室友之间的关系不知道该如何改善，让你感到烦闷。

人与人之间的交往总会有一些摩擦和一些磕磕碰碰，虽然你和室友之间彼此有些误解，关系不是很好，但现在已经缓和了，所以问题是可以得到解决的，不是吗？爷爷看到你一直在思考，也开始去尝试改变自己，这真的很棒，也是一个好的开始。

爷爷从来没有认为你是一个死脑筋，反而看得出你是一个有原则很真诚的孩子。或许是在处理问题的方式上和其他室友们有些不一样，所以让别人产生了一些误会。如果误会经常发生，那也正给我们提了个醒，是不是要试着改变一下自己的方式呢？

爷爷能明白你的原则，任何事情我们都要搞明白，因为这样才会知道自己做的是对还是错。**但有时候不是所有的事情通过语言的交流就是最好，学着默默地聆听和观察，或许会让自己看得更加透彻。塞翁失马，焉知非福；有得必有失，有失必**

有得。或许我们失去了什么，但也会有意外的收获。不是有这样一句话：当局者迷，旁观者清。现在，我们去尝试做一个旁观者，去找出你的答案，你觉得如何？

爷爷理解你的辛苦，或许更多的是心累。不妨停下现在的脚步，去外面走走，看看外面的风景，走走自己没有走过的路，放松一下心情，淡忘自己走过的路，当我们再次回来重新出发，心境不同，感受也会不同，也会让自己走得更好，你说呢？

我知道，现在就让你放下或许不太容易，没有关系，我们慢慢来，让时间去淡化一切。有时候，并不是一直陪伴在身边的就是朋友，你的网友和爷爷也都是你的朋友，只是都在远方，不能陪伴在你的身边，却会一直默默关注着你。而对于室友，我们现在只能做得是给彼此多一些空间和时间，什么都不要想。**遇见了微微一笑，或是打水的时候顺道多打一壶，需要帮助时，多帮助一下，时间会让他们感受到你的诚意，我们也试着多给自己一些自信和勇气。慢慢来，人与人之间的交往都需要时间，也让时间去证明自己可以做得很好，也可以做得很棒，好吗？**

爷爷会和你一起寻找你心里的答案。等待着你的回信。

祝安好！

🕊 我最好的朋友成了别人的了

爷爷：

　　你好！展信悦。

　　我也不知道要说什么，但是最近总有一些关于友情上的问题，我不知道怎么办，所以，想让亲爱的爷爷帮我解答一下……

　　我有一个跟我关系很好的男同学，我们从初一认识到高一，几乎无话不谈，经常小打小闹，但从未计较过。我们互相调侃，嘲笑，但也常常鼓励对方，互相给予支持，我们都很珍惜这段来之不易的真挚的友情。

　　但这一切在高一这年开始变味了，因为我们考到了同一所高中，我很高兴，虽然不在一个班，但我已知足。开学第二天，我和同学去饭堂吃饭，他看见我，就坐下来，跟我打招呼，击掌，调侃几句。说着说着，我的一些同学就过来了，见我们如此亲密，就有点小心思。等他走了之后，他们就开始问我，他是谁，我说是我的朋友。当然，他的确是好人缘，比较容易认识到朋友，所以他渐渐和我的同桌熟悉起来……

　　到第二个学期，我们分科分班了，我们还是不在同一个班，他和我同桌分到同一个班，本来我也没多奇怪，不觉得惊讶。但是一下课之后，同桌跟我说，那个谁谁谁和我一个班耶。我说：哦，又关我什么事？其实听到这句话，我觉得很不爽，因为她有点炫耀的意思，觉得我想和他在同一个班，却没能在同一个班，所以很得意。但我也只是一秒钟闪过这个念头，笑了笑，再没说话。

之后到现在，她每天都在炫耀这个朋友在她们班干了什么事，今天和他聊了什么，现在她跟他玩得很好之类的话。还故意去广播站祝他生日快乐，仿佛在说：你们那些友谊算什么？我现在跟他一个班，肯定比你好。我也笑笑不说话。

朋友生日的那一天，我都没有祝他生日快乐，仿佛当他不存在，招呼也没打，径直走过。放学后，同桌跟我说，今天是他生日，我去广播站祝他生日快乐，你听到了吗？我说我知道是他生日，不过广播我确实没听，因为我睡觉了。

我没有说话，安安静静，什么也不说。但同桌一直在说，谁谁谁生日我们怎么帮他庆祝，说了一大堆关于他的事，最后我忍不住说："可不可以不要说他的事情，他是死是活关我什么事，怎么整天都在说他。"然后头也不回地走了，只留下她站在那里发呆。

由于我们班有文艺汇演，要跳一个舞，需要有人教，然后他正好会那个舞蹈，本来也没有多大期望能成功，就抱着试一试的心态，下了课去问他。我很小声地问他："你能教我们那个舞蹈吗？"结果他还没回答，同桌就说："不行，他是我们班的人。"然后我就扯了一下我的嘴角，无奈地笑笑说："好吧，我们会自己想办法的。打扰了，我走了。拜拜。"

然后就跑了出去，我跟我们班人说，不好意思，没帮到你们。他们反而安慰我。

自此以后，我觉得我们的友谊变味儿了，我并不怪他，不怪任何人，但我现在就是不想见到他，连他的名字也不想听，见到他就掉头走，当他不存在。他跟我打招呼，拍了拍我肩膀，我装作不知道，他走了以后我会把他拍过肩膀的地方拍干净，仿佛沾了一些脏的东西一样，十分反感。

我也问过我自己到底怎么了，当初无话不谈的好友，变成我最嫌弃的人，形同陌路。我也不想这样，我也十分伤心，但无可奈何，只能这样。我也在想是不是我太小气了，这一切都是我造成的，但始终找不出答案，希望爷爷你能帮我解开这个心结……

❋❋❋❋❋❋   ❋❋❋❋❋❋

孩子：

你好！见字如面。

孩子，静静读完你的文字，爷爷感到这段友谊在你心中引起的波澜。从初一到高一，三四年的真挚感情，真的让人感慨又羡慕。但此刻的你们，渐行渐远，几乎成为陌路，真的是友谊变了吗？爷爷看未必，你们中间有太多误会与谜团需要解开，此刻匆匆告别，实在过于可惜。

坦白来讲，人都是有占有欲的，对于这个交往三四年的朋友，你在心中认定了对方的不可替代。在这种认定背后，有着一种强烈的捆绑与依赖，对方在你心中变得独一无二时，你也希望对方能如此看待你。

但每个人对待友情的态度以及交友方法都是不太一样的，性格开朗的他容易认识朋友，身边的朋友多了起来，似乎与你渐行渐远。尤其是在同桌出现后两人的互动，看上去好像渐渐拉远了你们两人的距离。但细想一下，可能并非如此。**真正导致你们成为最熟悉的陌生人的原因也许不是同桌，而是你对于他的依赖与占有欲，希望你是他的友谊专属，一旦有人分享，内心便感到愤怒。这种愤怒的情绪渐渐拉大了你们的距离，直至今日之局面。**可孩子，交朋友并不是要试图占有朋友，最重要的是要相处融洽，同时又能给彼此一些空间，这样才是成熟的方式。

那么，现实如此，又应该如何呢？孩子，我们需要认识到的现实是：每个人都有自己的生活方式，友谊是自由人的自由结合。对方虽然乐于交友，但你们的友谊却是无可替代的。**所以与其放任这段友谊逝去，不如试着去更新你们的交往方式，试着去认识你们的成长与内心，试着去接纳友谊的多样与丰富。唯此，这段友谊会逐渐回归，你们的友情质量也会渐渐提高，你的生活中也会有新的际遇。**

孩子，请打开自己的心结吧，因为你值得拥有更宽广与美好的友谊，不是吗？

异性之间到底有没有纯友谊

亲爱的爷爷：

　　已经很久很久没有给您写信了，其实很早就想给您写封信诉说我的心事，可能是因为懒吧，一直没写成。

　　我有一个长长的故事，今天要说给爷爷听了，希望爷爷不要嫌我烦。

　　我是一名刚步入大学校门的大学生。在进入大学前的那个暑假，我认识了一个性格温柔、老实沉稳的男生。因为在同一个辅导班教学生而相识，我大一他研一。据我所知，他大学四年没有谈过恋爱，我们两个人觉得很谈得来，和他聊天让我觉得很舒服，很自然，很开心。那时候我正处在失恋的抑郁期，他知道我的故事。我知道，他对我有好感，可是我对他仅仅是朋友之间的感情。他没有戳破这层窗户纸，我自然也不会说什么。

　　暑假很快结束，他去了上海，我来了青岛，我以为距离会将我们隔开，以后会像普通朋友一样，安静地待在某一个 QQ 分组中，会偶尔地问候一下。可事实并不是这样。在我军训结束后就收到了他的零食大礼包，贺卡上写着他贴心的话：：知道你军训累，专门给你买的猫粮。收到礼物的我有些不知所措，但抑制不住内心的小激动。可是还是会很纠结很郁闷，总感觉自己对他有所亏欠。

他每天都会主动找我聊天，嘘寒问暖，就像家人一样关心着我。可我心里清楚地知道，我们之间不可能，我没有办法接受他，因为我忘不了我的前任，我觉得自己好像失去了爱上别人的能力。因为他也没有很正式地表白过，所以我也不能很直接明确地拒绝，否则会弄得双方都很尴尬。

知道我怕冷，他会给我买一条厚厚的围巾；知道我爱听歌，他就专门学歌唱给我听。他唱歌真的超好听。我不想欠他那么多，所以也给他送条围巾表示回礼，希望他不要多想。渐渐地，我不会再经常与他聊天了，即使他还是会经常找我聊天，我会说，我很忙。他非要知道我的生日，问了好多次我还是没有告诉他。但是不知道为什么他竟猜到了是在冬天，于是又精心给我准备一份礼物，但我很果断地拒绝了。

每次他出去玩回来后总会很兴奋地发消息告诉我，他发现了什么好玩的地方，下次一定带我去玩；他吃了什么好吃的东西，下次一定带我去吃；还有他看见了什么好看的小东西，猜我会喜欢就买下了……对于这一切我真的不知如何回答。圣诞节他说要吃苹果，我说好啊给你送，我以为这只是玩笑话就抛到了脑后，却在平安夜的那天准时收到了他精心准备的苹果和巧克力。我那时的心情是无法形容的……

现在，我和前男友复合了，却不知道该怎么告诉他，他人真的很好，我也很不想失去他这个朋友。我会在聊天时用开玩笑的语气说：你也老大不小了，也该找个女朋友了吧，我可以帮你参谋哦……每到这时他总是和我瞎扯，嘻嘻哈哈就过去了。

昨晚，我们又聊到了这个话题，他突然很严肃地说："不想聊这个话题，因为我有了女朋友就不能再和你聊天了。"我的第一反应竟然是生气，我说难道你有女朋友就不理我这个好朋友了吗？他说不是的，现实就是这样，到那时就会不好意思再打扰我了，自然也就不会联系了……突然觉得很难过，因为我一直觉得我们是好朋友呀，我以为会一直是……

难道异性之间真的不存在那种单纯的友谊吗？我又该怎么去面对他呢？爷爷，希望你能告诉我答案。或者是告诉我，我哪里做错了。

谢谢爷爷了！

✿✿✿✿✿✿   ✿✿✿✿✿✿

孩子：

你好！来信爷爷已经收到。

看得出来，你用几乎一整封信在写，他对你有多好，而你无法接受那份好，因为你不能和他在一起，你似乎觉得很内疚。

可是，当他说有女朋友之后，不会再和你那么频繁地联系，你又觉得接受不了，觉得好朋友怎么可以这样。爷爷不知道你心里具体是怎么想的，也许你真的把他当好朋友，可是他是否把你当好朋友，你心里也许比谁都清楚；他所做的一切究竟是为了什么，我想你也很清楚。或许，有没有女朋友是太遥远的事了，但是如果他真的有了女朋友，你依旧希望他那么对你，那么对他女朋友来说，是不是太残忍了？

就算他没有女朋友，他喜欢你，却要顶着一个好朋友的头衔，也一定不好受吧？

或许，爷爷说的有些过火，你早已和男朋友复合，他要的一切，你都给不了。可是，你依旧不愿意放弃他对你的好，甚至都不愿意告诉他真相。可能是害怕尴尬，害怕失去一个这么好的人。但在爷爷看来，这样做有一点自私。你给一个人他要的希望，却永远无法给真相，那是幻觉。

看似对他好，也可能是另一种残忍。他付出的越多，到时的伤害也越大。知道真相以后，**怎么选择是他的事，也是他的权利，但你不能不让他选择，而是你帮他做了决定。那样，是一个好朋友会为对方做的事吗？**

如果，你一直觉得你们是好朋友，你的好朋友为一个有了男友的女孩子那么做，你会怎么劝他？如果真是好朋友，或许这就是你该对他做的事，

异性之间一定是有纯洁的友谊的。而友谊是两个人的事，你觉得他对你是友情吗？

爷爷告诉了你答案，也指出了你可能做错的地方，并不一定是对的。毕竟，爷爷不是你们。怎么做还是要由你自己决定。就做你觉得该做的那部分，剩下的，就让他自己来选择吧。或许，**会丢失一段友情，也在所难免。或许不会。或许丢失了，也会在某一天找回来。**

爷爷明白，这的确是一件挺痛苦的事情，一个决定可能失去一个人，对你很重要的人。可这世界有时就是这样。**我们不能什么都得到，得到什么，就要失去什么**。你得到了你想要的前男友，也许就要失去他。两个选一个，你选哪一个？你也可以一直拖着，或许在一段时间内，可以拥有两个，但是心里是否好受，事情是否会有别的转变，谁也不知道。怎么选都没错，重要的是，你要承担那个后果。

祝一切顺利！

🕊 早晚是要分离，又何必真心

亲爱的爷爷：

展信悦！

这么仓促间又写信给您，是想请教您一个问题：在我们各自的人生列车上，来往的旅人究竟值得我们付出多少真心？

我们高一的第二学期，就要因为不同的 3+3 选科而重新打乱分班。我以为这并没有什么，只是又要经历一次陌生的环境，体会孤独的可怕——况且这次也并没有上次那么无助，有熟悉的伙伴和我在同一个班里。事实也确实如此，我能在陌生的人群中适应得更好了，没有上次那样完全的慌乱与不安，也能努力与周围人熟悉。可当我一个人回到家里，心里是骤然的空落。

起初，我并不知道是为了什么，只是突如其来的烦躁，做什么都分心得厉害。后来我渐渐发现，先前只不过是下意识地忽视了难过的原因。现在独自静下来，才发现我有多伤心——如鲠在喉。

我们上一个班级只相处了一个学期，说完全没有感情是绝不可能的，但我从来都不认为自己会对这个班级的感情有这么深，只是和那几个相处还算好的朋友有些不舍。可当真正全部都焕然一新，被硬生生拆散，我还是会有些说不出来的难过：感情比我想象的远要深厚，也更加心痛。

我有时候会想：早知要分别，为什么还要付出那么多的情感，平添伤感呢？会不会越是冷漠疏离，对自己的伤害越少？可是我也知道自己做不到。

我甚至也有点唾弃自己的脆弱：就这么小小的一件事，就难过得无法自拔，那以后经历了更多，岂不是更加经受不起？

这个问题恐怕还挺哲学的，请原谅我就这样把它抛给您。我想爷爷您也许能给我一点启示。

怎样地投入情感，才能减轻那深刻的创伤。这难以办到吧。

祝安好！

❀❀❀❀❀❀   ❀❀❀❀❀❀

孩子：

你好！爷爷已经收到你的来信。

这是一个很好的问题，很引人思考。

说实话，爷爷曾经也想过这个问题。最恨是别离，别离总是让人特别感伤。有些人可能感情并不深，有些人也只不过就是几面之缘，但真的别离到来的时候，内心那份感觉真的不好受。爷爷也会思考：到底是害怕孤单，还是害怕对别离的无能为力？

爷爷明白你说的这一切，你是个心思敏感的孩子，注定要伤感一些。爷爷并不觉得痛哭难过是因为自己的脆弱，我们是血肉之躯，怎么会没有感情呢？说到底，还只能说你是个重感情的孩子。所以爷爷也经常说，**有情绪一定要及时处理。很多时候，我们会积压，觉得好像也没什么，可是真的当夜深人静或独自一人的时候，一种深深的孤独感以及以前积压的一切情绪又会涌上心头，那个时候能痛哭出来也是好的！**

至于你的问题，就好比我们知道自己终有一天会离开这个世界，那是不是每天都要虚度呢？我们知道如果男生大部分是负心的，那要不要对每段恋情都付出呢？这本身就是一个无解的答案。人生就是一趟旅途，有人上车，有人下车。很多人真的会消失在你的人生，不管是你重视的，还是不屑一顾的。别离似乎就是人类永恒的功课，我们躲不掉。

可是那还要不要付出呢？爷爷的答案是：**要！正因为明天不测，我们才要珍惜此刻遇到的人，这些人可能只能陪伴我们短暂的一段时间，那为何不付出真心？**哪怕别离来的时候，哪怕伤感的时候，至少我们对得起良心，对得起自己，没有辜负曾经的相遇。而伤感来的时候，想哭那就哭，没有关系，不用压制自己。

爷爷希望你明白：**生命中总有些人安然而来，静静守候，不离不弃；也有些人浓烈如酒，疯狂似醉，却是醒来无处觅，来去都如风，梦过无痕。**无数的相遇，无数的别离，伤感良多，或许不舍，或许期待，或许无奈，不如守拙以清心，淡然而浅笑。看花开花落，云卷云舒，缘来缘去。

　　其实在这个问题上，爷爷和你是一样的：恨别离。但爷爷也是乐观的。**既然人生终有别离，不如温柔对待自己，温柔对待每一个相遇的人。**你说呢？

　　祝好！

🐤 我在年幼时遇到了校园暴力

爷爷：

　　您好！又一次打扰你了。

　　我又一次忍不住给你写信了！也许是因为我不认识你而你也不认识我的原因吧，对你我可以不用戴着面具，不用装得那么累；也许是你的话温暖了我吧！

　　在父母面前我是一个乖宝宝，因为我知道我没有可以任性妄为的资格。他们很累，很累。从小我的妈妈就告诉我一个道理，有事自己扛，没有谁会去帮你。我记得第一次在母亲面前大哭，告诉母亲学校有人欺负我，得到却是"怎么那么没用，别人欺负你就欺负回去，不要找妈妈"。而后还有几次也是同样的情况，得到的只有谩骂。

　　从此我知道了有事自己扛，没人帮你，学会了哪怕被嘲笑、被拳打脚踢、被所有同学孤立……回到家也是微笑着好像什么事都没有。校园暴力我没少经历过。就好像全世界都容不下你。

　　记得小学的时候，上电脑课，那时候电脑是要抢的，我先抢到一台，可是另一个同学没抢到，她抓住我的马尾向后狠狠地一拉，坐在旁边的同学用指甲狠狠掐我的手，我一时受不了就对着那个同学的手咬了下去。同学哭了，老师一边拖着我去面壁思过一边骂我是狗，还咬人。放学了，班级的同学把我堵在教室里，叫嚷着："来来，有仇的报仇，有冤的报冤。"说着还朝我吐了我口水。那时候不知道那里来的勇气冲着他们说了一句"你们是不是巴不得我死啊"，说完就重重地撞到黑板下的粉笔台上。血顺着脸流到了地上。那是我第一次看到那么多血，红红的，真的很好看。在这件事上母亲还是没有任何表示，哪怕哄哄我都没有，只是淡淡地一笔带过。

大概就是从那时候开始我就不会与人相处了吧，学不会了！ 初一的时候还会看看心理书自我调节，上了初二就不管用了。不过学会了自残，我喜欢用胶带把手绑得死死的，然后看着手一点点地变成黑紫色，喜欢拿着玻璃片在手上画出一道道的血痕，喜欢用木棍打自己；喜欢坐在六楼的窗台上，感受那轻轻一跳就可以随时离开这个世界的感觉……

我没有朋友，小学被孤立，上了初中好不容易有了一个朋友，我小心翼翼的，生怕她一个不高兴就不要我了。可是呢，到头来她还是跟我说"我们还是做同学吧，见面了也不要和我打呼"。我笑着说好。现在到了中专又经历了一次同样的过程。朋友，怕是除了亲情，最伤人了吧！

现在大概又要重操旧业了吧！既然学不会任性就只能让自己扛了！

祝开开心心！

谢谢您！

✿✿✿✿✿✿   ✿✿✿✿✿✿

孩子：

展信佳！你的来信爷爷收到了。

看了信的内容，爷爷真的很气愤，也大概明白你之前信中提到的那种性格是如何养成的了。就像你说的，家庭最亲的亲人，伤人最深。爷爷很心疼你从小经历了这些。有些事虽然无法感同身受，但爷爷遇到过跟你一样忍受校园欺凌却没有人保护的那种绝望难过的孩子。

每每看到你们的经历，爷爷心痛不已，这些用文字承载的伤害，即使我听来都觉得十分不忍，可想而知经历过这些的你们，内心的创伤有多深。

每个孩子都是独一无二的天使，需要被爱被呵护，才会有健康的身体，乐观的心态。但现在很多孩子的童年都布满阴暗，深受伤害，向家人倾诉却得不到保护和帮助，爷爷为你感到很难过。

但是，爷爷想告诉你，有时候不要给自己太多的压力，难过就要诉说，悲伤就要哭出来，一个人的力量太小，怎么可能承担一切？妈妈说，什么事都要靠自己，在爷爷看来，你还没有到独立承担一切的年纪。爷爷知道小时候在校园被欺负这件事，给你的心里造成很大的伤害，让你对家人心灰意冷，你发现就算告诉他们，也没有任何作用，反而还会招来他们的讽刺和谩骂。这是错误的爱，爷爷虽然无法在实际生活里帮助你讨伐那些欺负你的孩子，但爷爷想告诉你，当时你勇于和那些欺凌者抗争，是对的。但希望你以后不要以伤害自己为代价，这样不值得。父母有时不能理解你的委屈，所以你不愿再倾诉自己的难过，封闭了自己的心，这样久而久之，你就失去了爱别人和爱自己的勇气。

爷爷知道现在让你一下子走出来很难，但爷爷愿意陪着你，一点一点克服这种痛苦，但也希望你可以答应爷爷，不要以自残和伤害自己的方式来缓解痛苦。

你遇到任何事，任何想说的，都可以给爷爷写信，试着接受这样的自己，找回自信和爱别人的勇气。举个例子，当你和朋友相处时，不要刻意地去讨好，也不要很自卑，去发现你们的共同爱好，学会分享，也学会独立。这样，你才会拥有真正的朋友。

信纸有限，千言万语爷爷只希望你能够明白，这世界也许很让你失望，让你难过，但依然有人在关心你，爱你。虽然你我素不相识，但爷爷希望你可以变得快乐，也希望你能幸福。

期待你的来信。祝一切安好！

Part 7

学业

好好学习
本身没有错，错的是方式

　　现在的孩子，从 6 岁开始，就要用一次次的考试成绩来证明自己了。或许会更早。我们时常看见孩子们背着沉重的书包，沉默地行走在路上。当学习成为一种负担，成为一种和他人竞争的筹码，又有多少孩子能轻松地探索这个世界？

　　学校开设重点班，老师偏爱尖子生。父母对子女的爱，大都附加了条件。就连孩子们自己，也开始用考试成绩来衡量自己的未来："高考失利了，我的人生，还有希望吗？"

　　依赖考分的孩子们，每时每刻都在与自己的"懒惰"和"贪玩"对抗，所以，从来都不敢痛痛快快地玩耍，却又无法抑制地打开手机和电脑。在不断的自责中，失去了平衡。

超负荷的压力下，不少孩子们开始失去自我，渐渐成为一个"空心人"。他们不知道自己喜欢什么，该走一条什么样的路。所以，在每一次选择前，都显得有些茫然无措。有不少的孩子来问我们：我该选择什么样的专业？哪一所学校？

这样的现状，我们的确没有办法改变，也不全是制度的问题。只是，每个活在压力下的孩子都需要得到理解和关爱。好好学习，本身没有错，错的是方式。

如何让孩子对学习产生兴趣，找到最适合的学习方法，处理好和压力之间的关系，探索和了解自我。才是我们应当去关注的吧。

另外，在杂货店看来，无论是尖子生，还是所谓的"差生"，每个孩子都应该得到无条件的爱。每个孩子都是一块璞玉，放在最合适的工匠手中，才能散发出最迷人的光芒。

🕊 新学期，新开始

亲爱的爷爷：

　　您好！

　　明天我就要去学校了，寒假过得可真快呀。我都不清楚这一个假期自己究竟做了些什么。好似每天都在吃吃喝喝睡睡，但每天还是给自己布置了点读书的小任务，所以这个假期便梦似的过去了，是时候该从梦中醒来了。

　　每次离家必然是痛苦的，特别是拖着行李箱出门的那一刻，根本不敢看父母的脸，生怕他们看见自己的泪痕，连道别也说不出口，只能头也不回地往前走。这恋家的毛病怕是改不掉了，虽然高中就住校了，但想家的思绪却永远不会消失。在大学里也是如此，虽有好友陪伴，但那种和家人在一起哪怕不说话的期盼是一刻也没消去。

　　下学期想收心学习，周末想找些兼职，一来锻炼自己，二来减轻家里的负担。还要多读课外书，上学期入的会太多，占用了太多时间，加上这贪玩的性格浪费了好多时间。上次说的协会我退了，和会长掏开心窝子讲清楚了。会长不强留我，她也是一个难得一见的好学姐。

我学的是英语翻译专业，周一周二才是专业课，周三开始便是一些思修课、军事理论课和马克思主义哲学课，大学怎么就不能好好读自己的专业呢？也是到了大学才知道，自己并不自由，总是有一些形式化的事情牵绊着自己，总被逼着做这个那个，烦恼也就来了。

希望下学期的我会是更好的我，提高口语与听力，不想让自己在大学里虚度光阴。想读好英语不容易，而且我基础差，自然会有些自卑感。我想改变现状，提高英语能力，希望我能做到。同时也希望自己能真正打开心扉，对人对事，我有些敏感，不善交际，也不愿与不熟的人一起处事。也许这本就是我的性格，所以我也不强求改变自己，只求自己过得开心。

愿爷爷每天也过得开心！

❋❋❋❋❋   ❋❋❋❋❋

孩子：

你好！爷爷收到你的回信了。

时间过得真快，转眼间要开学了，明天要踏上去学校的旅程，这一路注意安全。

寒假的时光，没有在学校那样紧张，有时间回顾自己走过的生活，却发现有些光阴虚度了，不知道自己做了什么，这很正常。不仅仅是你所遇到的，很多孩子和你一样。过去的时光不能再回来，但可以从现在开始，做自己想做的事情。

就像你说的，这个假期似梦，开学时候可以醒来，继续努力。人生总要有离别，离别的时候最痛苦。更何况，所有的感觉都是自己一个人去感受，**天下没有不散之筵席，今日的离别，也是为了未来更好的相聚。**

爷爷知道你与父母的感情非常深厚，谁都不想离别，害怕看见对方的泪水，这就是亲情之间的爱。好好努力，总会一天可以幸福地回归。不论我们多么大，不论我们走多么远，家是让自己最想念的，家人是让自己最思念的，这是每个人的情感，尽自己最大的努力去接受它吧。

在学校里，思念的时候，可以多和家里人通话，缓解思念之情，多做一些自己想做的事情，转移自己的注意力，你会发现时光过得真的很快。有了自己的打算，就好好地去努力，保证自己安全的情况下，去兼职，一方面培养自己的社会能力，一方面为自己减轻一些经济负担，一举两得，你做得很好，爷爷支持你。如果上学期的课程太多，没有太多的精力，那就要好好地去学习，在自己闲暇之余，去做自己想做的事情。

你发现了自己上学期的状态，可以从现在开始，努力地改变自己，记住每一个对自己好的人，这就足够了。人生中总会有一些不同的形式来牵绊着自己，如果给自己完全的自由，可能会失去自我，不管是在学校中，还是在今后的社会工作中，都会有一些制度来约束着自己。这些形式都是人生所要面对的，**这就是不完全的自由，在一定程度上会促使自己前进。让有利的一面促使自己前进。**烦恼的时候，先让自己放松一下，然后再继续前进。爷爷祝愿下学期的你，拥有更好的生活，不断地提高自己的口语和听力，不虚度时光。加油！

学习英语要每天多积累，适时背一些好的文章，没事的时候，可以多听一些英文节目，都可以很好地提高自己的英语能力。

愿你更有能力去担当，愿你解决所有的问题，希望找到那个属于你的朋友，真正地打开心扉，慢慢去改变自己的敏感，尝试自己所不能接受的事情，是对自己的成长，不必刻意去强求，有些事情顺其自然就好。人生的每一个时刻，做的一些事情都需要让自己开心，这样就可以了。爷爷一直陪伴着你，期待你的好消息。

祝安好！

🕊 我的父母像摄像头一样逼我学习

爷爷：

您好！

不知道从什么时候开始，我好像有些叛逆了。在我眼里，爸爸妈妈就是一个只看分数的机器人，他们总说他们比我见识多，可我并不这样认为。我觉得每一个孩子都应该有自由，而不是像他们这样，整天除了逼我学习还是学习，不停的学习。

每一次我都不想跟他们吵，但每次我的内心就是特别愤怒。我好想对他们说，你们家长算什么呀？天天就知道把孩子当做一个分数机器，考得不好了，你们就开始政治教育；只有成绩好的时候，你们才能特别开心地对孩子笑一笑 。在你们眼里孩子就是一个学习的工具，不是所有人都想跟你们吵！

爷爷，真的有好几次我都想离家出走，想离开这个家。真的好烦人，在他们眼里除了学习还是学习。怎么说呢？我真的好想离开这里，我不想在这个家里待下去了。我都多大了？我今年都十几岁了。我看到别人家的孩子，拿着父母给他们的零花钱在学校里买东西。但不是每一个孩子都有零花钱的。我每次都不好意思开口，然后呢？我妈妈就是有时候给我零花钱，还总是在给完钱之后问我：你这些钱都花在哪里了？我就是想说：你们这些家长既然把钱都给孩子了，何必还要去问孩子把钱花在哪里了呢？这样做是不是有一点过分，钱都给完了还要问。孩子的人生并不需要你们这样一直守护下去，我们也需要独立好不好。

还有就是，有的时候我觉得他们不是我的父母，每次我去图书馆，去别的地方和同学玩儿，我爸妈总是像摄像头一样，我走到哪跟我到哪。我好几次都发现了，但是怎么说呢？我又没有办法说，谁让他们是我的父母呢！真希望快点长大！爷爷你帮帮我，我不想再这样子下去了。真的好没有自由，每一次他们家长嘴上说疯狂地玩、认真地学习，可是他们根本就做不到！在他们眼里除了成绩还是成绩，真不敢相信他们是我的父母。

✿✿✿✿✿✿   ✿✿✿✿✿✿

孩子：

你好！爷爷收到你的来信了。

爷爷是一个特别相信缘分的人，爷爷觉得你们能够来到杂货店和我分享心情，也是一段特别的缘分。既然来到这儿，爷爷希望你能感受到杂货店的温暖。

看完你的来信，爷爷非常理解你的心情。爷爷一直都觉得大人们用自己的标准去要求孩子是不对的。成绩好就是优秀吗？不是。懂事听话就是优秀吗？不是。

在爷爷眼里，每一个孩子不用方方面面都很出色，哪怕你成绩不突出、性格也不够开朗，但如果你是乐于助人的、善良的，那爷爷就觉得你是优秀的。所以，千万不要太早给自己下定义哦，等你长大了你就知道，那些不听话的孩子其实比有些听话成绩好的孩子更有能力也更有潜力。你还小，未来的路还很长，一切都是未知的，所有的努力，从现在这一刻开始都不算晚。所以，要对自己有自信，不管你在父母的眼中是什么样子的，不管你在老师的眼中是什么样子的，都不要太容易被他人所定义。

每个人都有自己的位置，不要怀疑自己。虽然大人们也许会常常对你说"你现在的主要任务就是学习"，这话并没有错，但爷爷觉得每个孩子都有自己的优点，尽力就好。更何况，分数只是学习当中很小的一部分，我们还需要去学习如何认清自己、如何经历挫折、如何承受压力……而这些也许比课本上的知识更为重要。

对于**目前阶段的中国式家庭文化来说，父母还是过多地参与了孩子的生活，以保护的名义在掌控着孩子的生活。**这一点无疑阻碍了孩子们的成长。但很可惜，大多数父母并不会觉得这有什么问题。其实从你的来信中，爷爷能看出你是个非常懂事、心疼父母的孩子，只是你的父母还不能成长到站在你的视角、尊重你的未来。

爷爷还是相信你的父母，做任何事的初衷都是为了你好，所以不要有抵触心理。孩子，要试着增加与他们之间的互动，让他们理解你，支持你，鼓励你，这样不是会更有动力吗？

以前爷爷也总担心女儿，老是想管她，经常打电话唠叨她，后来渐渐地她开始主动给我打电话，问候我关心我，也唠叨我一些事情，跟我分享一些她工作中不错的成绩。我忽然觉得自己在被女儿照顾，女儿长大了，独立了，我也就对她很放心了。

你可以试试，主动跟爸妈分享你的事情、你的想法。当你主动交流的时候，他们会觉得女儿长大了，女儿愿意分享，他们并没有失去女儿，慢慢地他们就会越来越放心，你也越来越没那么大的束缚感。

以上是爷爷的看法。往后有任何不开心、烦恼，想倾诉，或者希望爷爷给予建议的话，可以随时写给爷爷。当然，开心的事也可以跟爷爷分享。

祝好！

面对即将到来的高三，我有些害怕

亲爱的爷爷：

　　您好！

　　最近都是阴天，我买了两盆多肉植物。他们喜欢阳光，我也喜欢阳光。**站在阳光下就会丢弃烦恼，找到方向。**

　　可是现在，我有点迷茫。我是文科生。过完这个学期，我就是高三生了。我有自己的目标，也在为了目标而努力，可是，效果并不是很明显。我努力了这么久，却没有得到希望中的红苹果。虽然成绩有所提升，但我知道以我们学校的水平，就算是考年级第一，在别的重点高中照样垫底。我分析了一下原因，似乎是因为努力得太盲目，眉毛胡子一把抓。很多人说，学习方法很重要，可是我自始至终都不知道，到底什么才算学习方法。有人说提高效率很重要，可我又没有具体的办法。

　　我落下的东西太多了，因为高一的游手好闲，导致我现在不知该从哪里补起，我想从头开始补，可又会落下现在所学的东西；我想从现在开始学起，可又不知道有什么时间可以弥补之前的空缺。朋友跟我说，之前的东西可以到高三再学，可我知道，没有那么容易。高三的时间，连整整一年都不到，又有什么时间可以用来打牢基础呢？

我给自己列了满满一张的计划，可发现真正执行起来，似乎超出了我的能力范围。我不懂得怎样做计划，怎样规划好自己的时间。我知道，不能再这么迷茫地度过我仅有的复习时间了。可我真的没有头绪。我想考复旦大学，我不相信努力没有收获，因为我觉得没有什么是不可能的。可现在我真的不知道该怎么办，我怕我真的就和我心爱的大学擦肩而过，或许连擦肩都算不上。

我真的想为自己证明一次，也想让父母觉得他们没有白白付出。最重要的是我喜欢复旦，我想有个很好的未来，我想过自己想要的生活，因为我一直都活在自卑之中。成绩不好，被人嘲笑，就算努力也会被别人当做是徒劳。上一次考试有了一点点进步，可他们还是嘲笑我："努力这么长时间，不还是这么一点点分嘛！"我自己也无话可说。现在面对即将到来的高三，我有些害怕。

谢谢爷爷！希望您每天都可以沐浴在阳光下，感受美好的清晨与午后。可以悠闲地喝茶读书，帮孩子们解决许多看似幼稚又无聊的问题。也希望自己可以早点走出迷茫与瓶颈期，在步入高三的那一天，眼神中只剩下坚定，心中是早已认定的大学梦。

❋❋❋❋❋❋   ❋❋❋❋❋❋

孩子：

你好！

很高兴再次收到你的信，谢谢你的信任。也谢谢你对爷爷的祝福，很温暖。

喜欢阳光的孩子，必然身上也带着阳光，看到你这样积极面对生活的态度，爷爷为你感到高兴。积极态度是做好许多事情的基石。

爷爷看得出你很想要努力，同时你也在非常努力，为了你的目标，为了你的大学。也很高兴看到你对自己的情况作出了自己的分析，这是非常好的自察力。你给自己列了满满的计划，这很棒。但仔细想想，你的这些目标是不是可以完成的？有时候目标定得太大，也不适合我们行动。

爷爷以前也总是给自己很多很多的计划和安排，可到了结尾一个都没完成。后来爷爷决定只做一件事，那就是看书，其他的想起来就去做，想不起来就算了。结果那个假期，爷爷真的看完了很多书。爷爷给你讲这个例子，就是想告诉你：**所有的改变，都不能急于求成，都要从一件小事慢慢做起，这样才能逐步积累成就感。当你更有信心，才能像滚雪球一样推动你做更多的改变。**

再对自己进行一个理性的评估和分析。想想要进入复旦大学，我们需要的分数是多少，这样的分数，哪些学科你是比较有把握的，哪些是比较薄弱的，从而找到自己在学习上的长处和弱点。然后再看是哪些方面是不足的，重点关注这些薄弱的。

再比如，找到自己最佳的学习时间段是什么时候，自己是真的不懂还是粗心大意……搞清楚这些问题，**对自己有一个比较清晰的了解，有助于制定合理的学习计划，盲目地埋头苦读并没有太大的作用**。

计划如果列在纸上，你可以将它们贴在自己看得到的地方，不然很容易失去行动的动力。同时你可以准备记事本或者手账本，将自己的理想目标——考进复旦大学写在记事本中。

另外，爷爷还想对你说的是：注意劳逸结合。别把所有的时间精力都投入在学习这一件事情上，找一些自己喜欢做的事，**适当的放松和调解会给学习带来意想不到的效果**。

孩子，别太心急，慢慢来。**把目标制定得小一些，这样我们一来容易达成，获得成就感与信心；二来不会给自己造成太大压力，让我们想要逃避**。

你知道自己可能高一的时候基础比较弱，现在再从高一开始确实也比较花费时间，爷爷建议你先学好眼前的知识，当碰到一些不会的题目或者知识的时候，多去请教老师和同学。

努力很好，有目标的努力很棒，好好加油，朝着你的目标一步步前进。别人的话学会选择着听，只要自己心中坚持。爷爷相信你一定可以在步入高三的那一天，坚定而勇敢，你的大学梦在指引着你。期待你的好消息，加油！高三不要怕，爷爷会一直陪着你。

祝你一切顺利！加油！

🕊 要有多努力，才能对得起"学霸"的这个称谓

亲爱的爷爷：

您好！展信悦。

我是一名中学生，从小成绩就特别的优异，一直走在别人前面。于是，我身边的人开始叫我"学霸"之类的称呼。我不喜欢他们这样叫我。因为一旦拥有了这些头衔，就意味着你考得很好都是应该的。

成绩出来后，大家只会在那说我成绩多好，却不知道我在考试前多么努力。

而我偶尔几次发挥不好，考了不是很好的成绩，别人就会来责怪我，说我考得好的话，平均分就会超过其他班。我就想：是不是我还不够努力，拉了班级的后腿？

在父母眼里，在长辈眼里，我是他们的骄傲。但是今年的学业压力大了不少。

为了考试，我曾五点多起床去教室复习，我曾熬夜背复习资料，我曾下课从来没有讲一句话，一直在那里做题目，我曾自习课因为太累了而流鼻血，我曾在排队打饭时都在记单词。

我知道，我的努力，不是为了给别人看的，不是为了告诉别人自己有多辛苦，而是为了未来的自己。

可是这些又有谁知道呢？又有谁关心过呢？

我们是学生，我们努力地让自己变得更好。我们拼尽全力地不让信任我们的人失望，可是这世界上没有一定确定的东西，**对于考试你胜券在握，但只是一个小的疏忽，就会使之前的努力功亏一篑。可能只是一个分数，可那几个数字就可以决定我们的命运。**我们可以从失败中吸取教训，可是在这个社会，看重的只是成绩，而不是你背后的付出。

仔细想，我最对不起的是父母。他们把这辈子三分之一的时间都花在我身上，哪个点该上补习班了，哪个点我下课了。

母亲为了我能学更多知识，帮我报了不同的补习班；父亲在外面挣钱养家。

我考得差的时候，我做得不尽如人意的时候，他们会责骂，或许是因为他们觉得付出的努力没有回报吧。所以，我定下一个目标：绝对不能考差，因为会有人比你更难过。但是这世界上没有确定的东西，你越是想得到他，就越求之不得。

当父母亲批评我的时候，我很伤心。我想：我明明都那么努力了……

老师也同样对我寄予厚望。月考时，明明是长项的语文往往考得最糟糕。我身为语文课代表，感到很惭愧，但是语文老师不但没有责怪我，还鼓励我，他说他相信我，他说我期末一定能发挥很好。可是期末考的时候，我的语文依旧很糟糕……

我的班主任和其他任课老师都很看重我，可我让他们失望了。

我对不起老师们，我考差了，他们虽然没有责怪我，但是我很自责，是那种发自内心的自责。甚至有时候，我想过放弃学习。我不希望他们把时间都花在我身上。我是一个不适合学习的人……

我的压力真的很大，以至于睡觉前在床上偷偷流泪。我想发泄自己的情绪，但我发泄情绪在其他人看来是不应该的。我很努力地活着，活出他人想象中的我。我努力地去迎合别人，我努力地去学习，去应试，我似乎习惯了这样的生活方式，可我不想在一个人设中活着……

我的真心朋友很少，屈指可数。我知道，有很多人和我做朋友是因为我的成绩。当我没考好时，她们连正眼都不瞧我。

我明白，学习是我的首要任务。但是，我更希望能不要那么累了。

爷爷，这些话我不敢对其他人说，觉得说出来我像一个娇气的小女孩，可是这些问题困扰了我很久很久。爷爷，您能告诉我该怎么办吗？您能告诉我怎么去安排好一天的时间吗？

我好难受，却又说不出来。我不想让别人对我失望，但是这世界本不是有求必应的。我努力做得更好，换来的却是一个不好的分数。

祝安好！

孩子：

你好！来信收到了。

爷爷很高兴你可以来信与我分享你的心情。爷爷非常理解你的心情。

读着你的信，爷爷的心情很复杂。有对你这些经历的心疼，也有对你这些经历背后的感悟而叫好。你小小年纪，对很多事情有这种视角和感悟，爷爷真心赞叹。

孩子，你很"心"苦，难为你了。爷爷很心疼你。爷爷知道你已经做得非常好了，你已经非常努力了。你现在最最需要的恰恰是让自己的心情放松些，再放松些。你现在最需要的，就是发泄你的情绪。说出所有的这些，真的没什么，真的不是说明你娇气。如果不敢对其他人说，一定要来和爷爷说。

但正如你说的那样，世界上没有一定确定的东西，包括考试。爷爷真心觉得你的心理压力太大了。对于考试，对于老师、父母、周围同学，还有你的自我期望，一切的一切。

爷爷想在这里告诉你，**每个人与压力的关系不一样。有的人可以和压力很好地相处，这时候压力容易转化成动力，促使我们进步；而有的人面对压力就会过于紧张，过重的压力困扰他们正常的生活。爷爷想，这时候如何和压力处理好关系就显得尤为重要**，对吗？

随着社会的发展，我们每一个人都处于高压状态，这大抵是每个人都会面临的难题，不仅仅是学生时代的你们，大人也有大人的烦恼。你做的已经很多了，在如此压抑的状态下，还能继续保持着前几名的位置，这已经很了不起了！

爷爷也能感受到你的心里似乎住了一个"非常严厉的人"，他总是逼着你去思考，逼你去维持自己的好成绩，逼着你去挖掘每一件事情背后的价值和意义，这让你很痛苦。你身边是否有老师、家长对你抱有很强的期待，对你有挑剔和指责，让你觉得自己必须要这么做，才能满足他们的期待？**如果有可能，不妨去问问内心的那个自己：到底有什么样的渴望和需求？**

孩子，调整好心态吧，让自己紧绷的神经彻底放松。如果可以的话，去辽阔的公路上来一场说走就走的骑行吧。开阔视野，放空一切，让躁动的心归于平静。也可以在清晨睁开双眼的瞬间，给自己一个大大的微笑，告诉自己"我真的很棒"。也可以尝试着在每次写作业的时候，深呼吸。希望以上这些可以对你起到一些帮助。无论怎样，爷爷都相信你一定可以做到的。加油！

爷爷希望你知道，人生很长，不是一次、几次考试就可以决定的。**爷爷希望你一定要学会无条件地接纳自己，接纳这个已经非常努力非常棒的自己。**你要先让自己放松才行。父母很爱你，对你期望很高，这很正常，找机会和父母好好沟通一下你目前的状态、你的感受。

爷爷相信，这对于你而言，只是一个阶段的挫折，走过去，一定会柳暗花明的。

祝好！

🕊 高考给今天的我们带来怎样的影响

爷爷：

　　有几句心里话想说给经历过高考或准备经历高考的人。

　　已经是经历过高考的人了，为什么还是总喜欢回忆那年6月，还是喜欢在脑海里再走一遍那段孤独的路。

　　那个黏腻的夏天，总是有阳光热辣并且高温的日子。期待大雨倾盆，至少压一压这颗炽热的心。

　　每天早晨，从一片热浪中走到学校，我会想：这样值得不值得？中午，老师拖堂，拖着饥肠辘辘的身躯回到家中，我会想：这条路还要走多久？晚上，放学，结束了一天的学校生活，一个人走在路灯寥寥的小路，我会想：为什么不去死一死？

　　那个时候的我就是这样负能量，不只是我，也是正在经历或者已经经历过高考这个炼狱的你。现在我坐在大学的教室里，长出一口气，写下这段文字。

　　寒假回家去看了老师，几乎每一位都见到了。看到他们，我又想起了那些年他们对我的谆谆教诲。现在印象深刻的也许就是那些倔强而不服输时挨的骂了吧。

　　我没有见到老赵。老赵是我高三时的数学老师，也是我的补课老师。我的数学一直很差，但我从没放弃过，老赵也没有。我的每一次成绩他都会看，不及格的卷子抖动着，老赵的叹息声……哭过，恨过他。不过后来，在自己的努力还有老赵的帮助下，我似乎开了一点窍。我看到老赵笑了。

　　考后估分，我的数学没有及格。我没有难过，因为这就是我的水平。只是，我没有勇气见老赵，没有勇气对他说一声"谢谢"。

　　我觉得，高中时，我的数学储备量已经达到了某种巅峰。

　　高考定终身。这句话，高中三年里曾听到过无数次。很多人将高考视为人生的终点，通过高考，上一所好的大学，人生似乎就圆满了。追寻了十几年的梦想，宣告结束。但同时高考也将我们送到了一个更高的平台、更高的起点，在大都市里求学，开阔了我们的眼界，增加了我们的学识。

　　那么，我想问问大家，问问经历过高考的你们：高考给今天的我们带来了怎样的影响？

　　就我而言，我觉得如果不是高考，也许有些地方我们一辈子都不会踏足。我可能一辈子不会来成都，接触这里的一切。大学是一个平台，没有经历过高考的人只能做观众在台下观望。

　　高考就像是一个年代的大洗牌，曾经的同窗，也许终将停留在记忆里。上大学后，感觉离老同学越来越远了。毕业时，我的同桌、后桌，我们建了一个微信群，不过现在的交流次数屈指可数，寒假回家也只匆匆见了一面。

　　高三那年，曾无数次幻想自己的大学生活。现在身在大学，说不上遗憾，但也有几分不尽如人意。曾经以为进入大学的我会变得十分开朗，现实是依旧孤独；曾经幻想自己不再是小透明，现实是不管透不透明都没人在乎你；曾经幻想在大学我要多读书好好学习，现实是每天昏昏沉沉，有时会想家。

其实说了这么多，高考这一段路也有教会我一些东西，比如说，独处，与孤独 并肩作战；直面挫折的勇气，要厚着脸皮接受一次次的失败；不放弃，并且相信自己，相信运气这种东西。高考就是这样，需要一定量的个人努力，也需要一定量的天时地利人和。

愿每一个即将高考的你，不要放弃，珍惜一切。不管结果如何，只希望，等将来的某一天，回想起来，你们能不留遗憾。

✳✳✳✳✳✳   ✳✳✳✳✳✳

孩子：

你好！来信爷爷已经收到了。

好久不见，有些许的想念。看你写了关于高考的故事，爷爷突然感慨万千，脑海中浮现出碎裂的片段。突然也想说一说曾听到的那年的故事，为了方便，就直接用第一人称了，希望你喜欢。

依旧是沉闷低压的空气，生活的两点一线让人喘不过气来，对于学习谈不上有多么恨，只是单纯的不喜欢，它剥夺了我青春年少的大部分时光，将我所有的梦想化作白纸黑字的试卷。这小小的纸张过于沉重，以至于曾有那么长的一段时间，我将它的分量看得比红色的毛爷爷更重要。

人们赋予了高考太多的内涵，什么人生的三大转折之一，什么决定终生的命运，因为太多的期待与憧憬，一切都在无形之间转化为压力，成为我们一生抹不掉的记忆。与普通的文理科生不同，艺术生被贴上了独特的标签，对这些孩子的付出，人们冷眼旁观，不屑地说他们走了人生的一大捷径，不需要很高的分数便可考上大学。

那一年，我 18 岁，面临人生的这一大考验，为了追求更好的结果，我被打上插班生的标签转了学，在一张张陌生的面庞中，开始痛苦的艺术生生涯。从此开启一段新的征程。

还记得，因为地理课上不好好背知识点，硬生生地把陕西说成是属于中部，地理老师气急败坏，指着我的鼻子破口大骂：你们这些人以后都是大艺术家，咱这地理哪儿用得着学？

那一次早读，数学老师特地"拜访"，抛下一句硬生生的"你是猪吗"。那一次我数学考了 120，历史 57。所有人惊诧于我的数学成绩，却不曾知道，我的妈妈为了我的学习，每天陪我熬到半夜，陪我一起解答着枯燥的数学难题，在我疲惫不堪靠听音乐支撑时，为我端来一杯热水，送来一句问候。那段日子就这么熬过来了，现在想想，心间依旧是抹不去的感动。

其实历史那个刺眼的分数对我来说见怪不怪，毕竟从小对历史就是不感冒，最高的一次也没上 70，赤裸裸的 69 就像是一个天大的讽刺。从那以后，我再也没有在意过这个小小的分数，毕竟我不是天才，可以上通天文下知地理，我只是个普通的，被打了高考烙印的孩子，对未来的不可预测充满无知与遐想。

生活依旧，毕竟我是艺术生，转学后的半年，就踏上了外出的专业学习。生活谈不上艰辛，只是比起家里差多了。没有温馨的房间，只有租来的破房子，冬天大风咆哮，门窗的剧烈晃动让我无数次幻想它们是不是即将要散架。一阵暴雨过后满地的落叶，枝头黑压压的乌鸦一片，真是无法让画面更美好。每天坐在桌前练琴，已称不上是一种兴趣或爱好，当自身的技能被赋予成为一种考学的工具，它就真的成为没有灵性的物体。每天重复 8 小时动作，就那么一遍又一遍，手上的茧子硬邦邦的，抠起来甚至没有任何的疼痛，指甲和肉略微分离也已成为家常便饭。然而，并不是所有的付出都会有所回报。那一年我落榜了，不是因为半年没碰过的文化课，而是专业没有入围。

生活就是这样，喜欢开一些小玩笑，而后看我们如何认真地撕心裂肺。那年夏天，我每天看着自己的乐器以泪洗面。而后生活就这样再次轮回，两年，我没有回家过年，每天风雨兼程，然而，无论多么艰难，依旧是挺过来了。

付出了那么多，依旧被人们喊着不学无术的艺术生，大学于我而言已经没有了最初的喜悦，更多的是夹杂着些许耻辱的沉重使命感。当我终于踏进这所学校的这一刻，所有的神秘、兴奋、紧张顷刻间化为乌有。曾经的全力以赴，也被封存进岁月的年轮，销声匿迹。

这一刻，我就像你一样的迷茫，却又如释重负，只是终究思寻不出，**高考到底赋予了我们怎样的意义与价值？或许对于每个人而言，它都是被象征化了的一个词，而我们用自己的行动、自己的生活为它撰写了不同的故事、别样的回忆。**

　　故事写到这里，似乎也该结束了，不管怎么样，岁月终究不会辜负我们的努力，当我们此时此地蓦然回首，心里依旧有些许微波荡漾，那一抹痕迹，就是一个好的印证，生活不就是这样吗？于结果而言，这刻骨铭心的过程也丰富了整个生命的旅程，这足矣。至于它到底给我们带来了什么，那些心底的细微改变，对未来的某些影响，又何必探究出个所以然。大智若愚，豁然面对一切，这也是一种成长。

🕊 我内心顽强的小恶魔，到底如何才能打败它

爷爷：

　　您好！

　　不知是否能收到您的回信，但我还是认真地写下这些，希望得到您的帮助。

　　我是一个刚上高中的学生，刚经历了紧张刺激的半学期，高中生活也走上了正轨。但面对未来有些迷茫，可能是不太成熟的缘故。我非常希望成为一个优秀的自己，但总是有惰性。对自己太好，没有太大的压力，以至于成绩平平。

　　我偶尔热血，也知道自己的潜能不小，只是太甘于现状，不知道该怎么办，很想通过自己努力考上重点班。特别想！！！可惜上学期没有考好，不知道现在努力还来得及吗？

　　刚开学的这几天状态不错，但随着时间的增加，我也可能愈懒愈松懈。我不想这样，可我心中的小恶魔总是藏不住，我也无法很好地严格管理自己。拖延强迫症也是因素。总之就是感觉有力使不出，自己的能力也没有得到施展，明明知道自己哪里有问题，可就是无法很好地纠正。比如错题明明想去订正

好，或者说作业想提前完成，到后来都会因为种种原因没有去做，事后又在不断后悔自己为何要浪费这么多时间。本来计划好好的，非常满意，可到最后也只有部分实施。

知道自己学习上有很多问题，可找到适合的方法也不是那么容易，尝试了很多，但坚持不了，可能这正是关键。时间也无法很好分配，并用坚强的意志力按时执行。也很想好好努力，成为一个别人家的孩子，不想让自己处于优越感中，满足于现在的自己。我多希望有人能指着鼻子骂我几句，使我上进，或是说些让我警醒的话。

爷爷，你知道吗？有时我真的跟自己怄气，觉得自己连认真踏实的学习也做不到。我也想成才，考取喜欢的大学，过自己想过的生活。我很憧憬未来，却一再被现实打击，这样的自己到底怎么做才好？我不明白，也没有什么过来人的经验可以借鉴，我也想逆袭，可我吃不起苦，也许是太爱自己了。

我希望有一个人能在我关键的时候，警醒我，戳中我的内心，使我爆发小宇宙努力学习。我也相信自己的能力。如果我哪天受了激励，我一定不负众望。我内心顽强的小恶魔，我到底如何才能打败它呢？

希望爷爷能给我一些学习方法上的建议，或是激励我内心的话。

谢谢！

❋❋❋❋❋❋   ❋❋❋❋❋❋

孩子：

你好！你的来信爷爷已经收到了。

爷爷住在杂货铺，用信件的方式陪伴着孩子们。孩子们的每一封来信爷爷都会仔细地阅读，做出认真的回复。爷爷喜欢孩子们，也希望用这样的方式，和孩子们一起聊聊生活中的酸甜苦辣，倾听孩子们的心声，保守孩子们的秘密。

看了你的来信，爷爷觉得你是一个有上进心的孩子，也能够感受到你希望改变自己现状的决心，同时也理解你在学习中因为不能够按时完成计划而产生的种种烦恼。

在生活中，每个人都拥有自己的梦想，不同的是有些人可以在自己的梦想道路上坚持走下去，有些人则是三分钟热度，这也是拉开我们人生差距的一个主要原因。拥有理想，我们便拥有了前进的方向和动力，但是每一个理想的实现都是我们无数辛劳和汗水的结晶。

面对我们的目标，我们可能会有些漫无目的和无从下手。其实面对这样的情况，我们也可以从现实出发，把自己的目标划分为一个个可以实现的步骤，按照自己的步骤一步一步地去执行。当然，如果按时完成我们的目标，我们也可以给自己一个小小的奖励。还可以像其他孩子那样，在自己的书桌、手机桌面上写一些激励的话。其实爷爷认为成绩不能代表一切，你只要尽力了，以后就不会后悔！

爷爷不想给你太多的思想压力，**但有时候想要进步，就必须逼自己一把。不能过于顺其自然。**你说呢？人的一生里至少该有一次为自己的目标和梦想而竭尽全力。如果你有这样的一种潜力和素质，却白白浪费了，几年以后回首，你会不会觉得有些辜负自己呢？

所以，不妨给自己打个赌吧。试试看，看自己最高可以到哪里。有时候人不是不优秀，而是没有被激发出来。我相信你孩子！实在没有动力，找不到感觉，爷爷建议你去跑步，给自己订下一个4000米的马拉松，我相信在大汗淋漓的过程中你会找到一种拼搏的感觉。或者看一些励志的电影和书籍，我想都会对你有一定的帮助。

生活有时候就像是纸老虎，当我们努力地去面对他的时候，我们才能够抛开过多的杂念，才会发现原来许多事情不像我们想象的那么糟糕。

期望你的回信。祝好！

杂货店义工感言

来到解忧杂货店已经有一年的时间了，在这个充满温暖的大家庭里，有阿福时常陪我们一起玩，有爷爷的陪伴，可以帮爷爷一起帮助到孩子们。我们知道给到孩子的帮助非常微薄和渺小，但是在给孩子们送出每一封信时，孩子们也在陪伴着我们，我们和他们在一起成长。希望未来的杂货店会更好，也会永远陪伴着杂货店一起成长。

——杂货店义工：陈瑾

在这里看到了痛苦、难过，种种的生活不易与艰难，以及人生百态；也看到了即使深陷痛苦迷茫，仍旧不放弃努力的勇气和温暖他人的心。被感动着、滋养着，自己的心也更加柔软了。很高兴可以做一名义工，参与到这件有意义的事情里来。

——杂货店义工：ELLE

结识杂货店是很奇妙的热爱和缘分，忐忑地加入这个大家庭，希望能给这个多变复杂的世界留一方温暖天地。祝铺子永不打烊！

——杂货店义工：屈莹

这是一个互相学习、共同成长的平台。在这里，我感受到暖心的爱和支持，帮助别人的同时也解开了自己的心结。感谢杂货店提供心灵成长的沃土，滋养我走向成熟。

——杂货店义工：张馨

如果没有遇见杂货店，也许我还是一个拥有狭窄世界的小童，而现在，通过义工这个窗口，我看到了生命更多的可能性，我认识了一个又一个可爱又让人心疼的灵魂。愿上天能够眷顾这些美好的灵魂，并给予最温柔的慰藉。

——杂货店义工：黎嘉

作为一名义工，很欣慰有这样一个平台，可以帮助到有困惑的孩子们。看到每一封信，都会在眼前浮现一个个鲜活的、年轻的面孔，他们遇到难题，他们需要帮助，懂得在这个平台求助，那是命运给他们的提示。如果我可以用我的微薄之力帮到他们，我觉得是他们成全了我的善念。我希望我能够像爷爷一样，看到孩子们健康成长。

——杂货店义工：许晓彦

在杂货店当义工那么久，觉得现在的孩子真的很辛苦。有时觉得挺无奈的，有时又会被孩子们温暖到。每天第一件事就是帮爷爷去看看是否有来信，像一份牵挂，虽然我们看不见对方。希望每个孩子，都能从这里得到支持和温暖。

——杂货店义工：华家丹

初来杂货店时，是本着一颗助人自助的心。慢慢地发现这里真是一个温暖的地方，不止是帮助别人，也让自己在从中获得反省与成长。还有杂货店里所有的义工们，大家在这里一起交流好开心，他们都好有爱，也都好可爱。

——杂货店义工：饶明利

我们在关系中获得滋养，也将这份爱传递下去，借此获得成长和蜕变，成为更好的自己。

——杂货店义工：KIN

尽自己最大的努力去关心和帮助身边的人，这就是最大的幸福。现在我们做得还远远不够，爱需要每个人尽情地表达和付出。愿我们都能收获享受快乐的生活。

——杂货店义工：杨帆

作为杂货店的义工来到这里一年之久，杂货店真的给了我很多，伤心时的温暖，难过时的安慰，还有伙伴们之间的团结友爱，不由惊叹原来世界上真的有这么一个温馨的地方，我在这里，成长了很多。茫茫人海遇见你们，是我这一生最大的幸运。

——杂货店义工：叶子

平时我们总是把自己武装得很好，可是每当一个人或者夜深人静时，一句熟悉的歌词、一盏微亮的灯，抑或不经意的一句话都会让心里的防线崩塌。杂货店让我们安静下来倾诉自己，让心灵得到休憩和放松。做小义工的这段时间里，看到有很多孩子驻足，写下自己的故事和心事，也看到很多孩子因为爷爷的回信有所启发和成长。被信任很幸福，感恩与杂货店相遇，感恩与大家相遇。

——杂货店义工：彼夏未央

在杂货店，每天和孩子们打交道，可以让自己在这喜忧参半的世俗生活中，灵魂获得短暂的宁静与开心。所谓美好的生活，其实是自己可以创造的，希望能为孩子们的成长留下一些印记，美美的，幸福的。

——杂货店义工：王囡

我们对树洞发出声音，我们对信箱寄出信件，都在期待能够得到回音和回信。很高兴作为杂货店的小义工，为那么多有烦恼的孩子带去温暖和希望，为他们去解忧。当收到孩子们表达感谢的信时，会感到无比的喜悦和温暖，这将一直延续……

——杂货店义工：瑶言

能进入"有间杂货店"做义工是我的荣幸。当我成为要倾听孩子们心事的爷爷后，常常觉得也是一种责任，虽然很多现实的情况我们没有能力去改变，但是会有一个温暖的港湾给到这些孩子，特别是当有些孩子来信说，她的心事没有人愿意听时，我能明白她背后的孤独和无助，我的回信能给到她心理上的安慰。谁说这个世界更在乎物质？心的需求一样很重要，甚至比物质的需要更重要。作为义工身份的爷爷，希望那些孩子健康、快乐！

——杂货店义工：盛静尘

有间杂货店，一个为烦恼者解忧、给孤独者陪伴、与欢乐者分享的好地方，很荣幸能加入这个大家庭，成为义工。也希望有更多的人能参与。我们以书信会友，以文字交心，以网络传情，无论你是谁，无论你在哪里，都可以在这里找到心灵的归宿。

——杂货店义工：陈静红

见众生后方回溯内心，每个年龄段都有烦恼，感谢你愿意写信告诉我。

——杂货店义工：刘晓甜

茫茫人海，沧海一粟，因为共同的初衷，我们相聚一堂，于千万人中相遇或许也是一种缘分。从解忧杂货店到有间杂货店，成长的不止是这间小小的 APP 商店，还有我们每个人的内心，而那份真情却历久弥新。常言道：陪伴是最长情的告白。愿这份心灵的守护，能让这世间的温情常伴我们左右，也愿这间小店蒸蒸日上。

——杂货店义工：会跳舞的小象

一支蜡烛点不亮整个夜晚，但是哪怕一丝丝的温暖，或许都能让一个无力的小孩站立起来。在这里，在有间杂货店，我们看到了不幸的生活，却因为曾经付出过温暖而感到幸运。

——杂货店义工：博文

在杂货店做义工的那段时间，是我目前为止的人生旅程中最开心的记忆之一。交到了很多温暖的朋友，做了很多温暖的事，让我的内心至今仍充满感激。希望世上所有脆弱的心灵都可以找到自己的寄托，不再害怕孤单。

——杂货店义工：弗里克

感恩同行。一切，就尽在不言中吧。

——杂货店义工：不爽猫

2016 年春天，有个机缘让自己走进杂货店当义工。对我来说，那是个不小的挑战，除了得跟上义工前辈们的脚步外，自己的生活圈也走入截然不同的环境。现在想起那段时光，总觉得像戴上了 VR 虚拟实境头盔一般，用第三人称的视角看着自己在跑马灯中，虚幻地挥动着双手，扎实地生活。

我喜欢文字，那是最平凡但深奥的力量，这是自己进入杂货店的主因。看着大家写来的众多信件，虽然文字中有挣扎，有痛苦，但能够让每封来自各个角落的人生故事，就此和爷爷或其他笔友们有所交集，自己算是做了件值得的事。

很高兴书信集出版了，这是一本属于大家，甚至是未来得读者用文字来交换人生旅行的纪实。如果你还不曾写信给杂货店，寄封信过来，你会渐渐喜欢上这种质朴却又奇幻的旅程。

——杂货店义工：永保安康

2015 年 6 月，幸得朋友推荐东野圭吾的名作《解忧杂货店》，拿起书翻开第一篇就停不下来了，一周读完了五章，在合上这本书的时候我坐在地铁 10 号线，空调的温度低得有些过分，但整个人感觉无比温暖。

感召于书本带给我的力量，当时我决定也要开这么一间小店，听故事，为人解忧。无独有偶，这世上不止我一个，有情怀的人终究要相遇，后来我们一群义工相聚在这家杂货店，通过技术和团队去带给更多人温暖。

这一路走得不容易，但确实是收获满满。支离破碎的遭遇、温暖人心的话语，都在这里汇聚……我们坚信，世人是需要这样一间杂货店的。我们坚信，只要还有一个小义工，"爷爷"就将一直存在，温暖也会一直延续。这些温暖和故事值得被你知晓。感谢，借着这本书，带你走进杂货店。

——杂货店义工：安小迪

苦乐相随，喜忧参半。生活如此，在杂货店亦如此。陪着爷爷和这家小店一年有余，一起经历了种种，我们会和爷爷一同分享孩子们寄来的欣喜快乐，也会为一些不幸的命运而扼腕唏嘘。

只愿我们能在这里与爷爷一同将力量与温暖熔炼于字里行间，为世界上的每一个灵魂给予来自远方的陪伴。

——杂货店义工：黑白

我是一号，是陪孩子们聊天逗笑的一号神秘小义工；我是小义工，也是曾隐藏在屏幕后为大家答疑解惑的知心姐姐；我是姐姐，更是所有需要一份安慰和温暖的孩子们的家人；我是家人，是因为我相信在这间神奇的杂货店里，我们彼此早已是珍贵的朋友，是特别的家人。

对于孩子们，对于这间杂货店，我有很多身份，也无法准确为自己定位，直到现在提到孩子们，我的内心总是瞬间无比柔软。感谢缘分，让我们曾出现在彼此的生命中，并真诚地对话过。

现在很高兴书信集出版了，它让这份情感不只是在脑海中珍藏，它属于大家和每个心中有间杂货店的读者。所以，读了这本书的孩子，只要你想，不管是阿福阿布小哥小情鸽，还是爷爷和小义工，大家都在呢，都一直陪在你的身边。

最后，一号小义工爱你们，因为有了美好的你们，才有了这间神奇的杂货店。你们在，杂货店就在。

——杂货店义工：一号小义工

想成为别人的小太阳，所以成为了爷爷的义工。倾听了很多故事，有开导成功的，也有不甚唏嘘的，治愈了别人的同时也治愈了自己。世界上幸福大多是相同的，不幸却各有千秋，爷爷让我知道要珍惜自己手中所拥有的东西，带着感恩活下去。也希望杂货店一直在，爷爷也一直在，我们一起度过漫长岁月。

——杂货店义工：仁夜

2015 年初冬没有下雪，上海却有点冷，但能在杂货店邂逅老爷爷，邂逅义工们，让我开始了这个温暖之旅。我不擅长文字，虽然过程中有痛苦，有纠结，有很多难以解决的问题，但是在一封封来信中，我们互相治疗着彼此，愈合着彼此，互相陪伴，互相成长。

感恩杂货店，感恩那些温暖的日子，希望杂货店每天都是一个美好的时光。

——杂货店义工：笑哥

漂洋过海来到异乡，从未想过能遇见如此温暖的爷爷，因为自己也曾经需要一位能倾诉的对象，所以明白爷爷的举动及想法有多可贵。在这样的大上海，能为爷爷尽心尽力是我的福气，也祝福来信者所有问题迎刃而解，我们一起努力成为更好的人吧！

——杂货店义工：Sherry

杂货店义工名单

（排名不分先后）

Alex Tseng	张昊宇	沈华荣	干雯婧	谢博文	贺海笑
陆雪蛟	张 帅	洪纬慈	刘阳阳	赵 辉	冯 晓
刘海峰	张益博	王雨晶	何雅琴	朱 奕	蒋沛华
许 海	倪 婷	顾 明	郭金龙	王瑞麟	李伟平
董雅洁	方永安	胡长兴	魏国伦	孔明泉	赵 铭
梁堂皎	俞 虹	吕 舜	刘一帆	吕鸿艳	孙李明
汪 洁	姚婷婷	陆初杰	党王虎	谢家勇	乔青松
Vladislav Khorev		陆初昀	王 浩	谢婷婷	苏 鹏
陈沐垚	陆 婧	魏 巍	王伟刚	田爱云	吕文敏
叱干银仓					

感谢所有帮助杂货店成长的小义工（排名不分先后）：

李彩荣	舒 珊	赵一海	褚 莹	洪 璐	潘春婷
张晓磊	伍 杨	钱晓磊	屈 莹	杜 芬	孙 晨
林佳丽	辛东伟	薛俊霞	夏 洁	胡 迪	陶叶婷
谢 娟	王 奕	李 琛	徐冬梅	沈云殷	海 红

郑淑	毛黛丽	曾岑莉	李苏芸	王竹金	姚雯菁
陈晓文	黄静思	薛智慧	何枫	任丽	郭春丽
李诗淼	石娜	孟云霞	王君婕	何莹	王芳敏
胡银攀	许晓彦	范晓	郭海燕	田甜	王利
胡顺平	吴振凤	郭嘉琪	侯利欢	靳蕊	侯金莲
邹欢欢	蝴蝶	宋海燕	沈之平	曾燕	汤永
牛丽丽	张青	贺文婷	任颖洁	裴常玉	刘明明
张馨	罗清仪	杨帆	盛静尘	杨肖	郝虎
陈静红	华家丹	ELLE	谢芳	张嘉欣	唐媛媛
李世荣	饶明利	摩西	徐芳	项巍	蔡绾阳
陈建	应晓默	王思韬	黄梦丽	王溱瑶	戴瑾
李璇	彼夏	张丽雯	何召霞	王囡	刘艳敏
kin	郑玫	张春燕	胡宇	陈瑾	滕秀荣
于凤华	赵富豪	李腾达	张梅春	张志鹏	张小七
赵晓群	曹璐	马金鸣	钱汝婷	张娜	卫雅雯
牛溪	周宇晴	安冬	王稼祺	罗赛	郜玉卿
高凡	徐雪娜	何璇	姚金凤	心宇	vivi
范心怡	张婷F	王鹤	陈菊	徐慧玲	杨会芬
叶海燕	瞿春林	周西翔	刁小晨	徐伟丽	高洪尧
徐佳俊	张曼宇	杨媛媛	杨晓晓	刘亚飞	miumiu
刘晓甜	赵梓含	刘嘉懿	乔墨	邓瑾辉	陈阳
黎嘉	张莹莹	韩夕雯	孙慧灵	王芳	李丽平
杨雪燕	梁少泳	陈家祥	洋洋	张红红	宋予晓
林菲	郁敏	蒋李蓉	姚诗蕊	黄东奥	田莉

李雯娟	相春英	蔡树豪	臧 玲	李亚兵	刘容君
陈 实	肖玉嫒	长颈鹿	张雯洁	曾晓兰	李 瑞
徐宝芳	朱 晔	王俊杰	常正梅	丁 励	陈 曦
李晴荷	王 静	吴佩莹	成玉姣	清 砚	卢军萍
王东炜	薛楷露	高政军	顾 夏	范 典	刘 昭
黄馨奕	夏 溪	李春艳	魏璐婧	范 典	袁腊梅
唐晓雯	潘 雪	丁海鹰	汪思辰	孙 琦	吴 颖
张佩华	徐晓榕	郭 飞	张婷zt	余 青	银 河
葛 琴	谷子豪	王羽容	陈坚华	曹 奔	郑 朔
钮碧莲	简 艾	阿 叶	宸洛阳	蚊 子	阿拉蕾
旧 匙	肖遥-VX	Mores	厘厘月	六月君	马 勇
多 多	桑 晓	Tea	刘嫔	布 丁	熊能新
周传美	李华蒙	晨 曦	杜萃平	周红军	林骁坤
许 烨	嵇文瑛	占海燕	赖华龙	任小慧	黄钟妮
武冰妮	赵宏侠	张宏玮	翟敬敬	易 培	孙 艳
钟 蕾	卞 宇	王怡婷	冯 洁	孔维娜	赵文韬
曹 婕	钱雨瑶	马 慧	施 慧	陈雅倩	齐俊杰
张 烨	李 静	范 丞	章欣玉	宋 萍	沈 慧
周 政	燕 然	邹帼亮	邱燕静	郑雯文	刘 红
李 瑛	幸 健	黄 萍	顾 越	风 铃	赵 桐
刘彦求	李颜全	陈礼群	乔 英	林严严	汪小芹
樊楠楠	宫雪斐	丁续航	王梦瑶	周玉梅	任明倩
周爽伊	施 晴	李美美	王霄薇	宋俊天	智香丹
王樱靓	曾大旺	怡 然	丁志楣	刘 洁	马 健

黄怡　周凤　张颖　赵晓永　余振保　赵倩
胡少杰　黄妃　党先森　史雪霞　陈徐群　邵楚雨
张瀚沐　江岚涛　王芬　罗绮　张小文　王乃群
盛豫　王凤萍　王玲玲　陈杨　田凯　郭贝
戚丽玲　江鑫　向宝珠　程靖懿　吴如如　唐建玲
周菲　吴振军　熊会　白燕　李渊治　李冰
Iris　郝晓媛　赵海萍　马驰　妙妙　程鹏飞
郑能量　张利娜　罗玲　肖峰　朱水萍　孟秀娟
张婕　顾婷　杨梓　芒果　一方　陶静
张建　林俊华　侯茜　叶缘　国大光　周玉桃
刘云云　刘玲玲　桑妮　张凤　朱丹　刘蕾
陈果　潘玲　水墨　陈艳　黄玉昭　曲奇
蔚蓝　荣彩　陈游游　林文强　郭政要　杨霞
周欣　尹鸿瑜　李燕　李偲仪　盛琳　王昌滨
王丹春　姜露　连丹娜　董淑琴　奚惠燕　王英杰
刘丽　李宇飞　张逸浩　盛叶　常严之　叶彩婷
张煜含　蓝希熙　何娟　王成龙　艾丽　师洁琼
李彩虹　郑悦　沈丽娜　刘涛　伙焰　铃戒
采悦　周文尚　何莎　郗丽　赵梦菲　赖瑞翔
胡宇恒　汪夕钰　吴冠德　刘韦韦　石玥　董菊梅
陈孝方　慧微　陈珍　申娇娇　陈菊 c　代兴鹏
阿柯　宣栋　黄玮　李梦　池浩然　彭蕙沁
王梅　普瑞思　胡若婷　索明珠

（感谢一路同行的朋友们！）

221

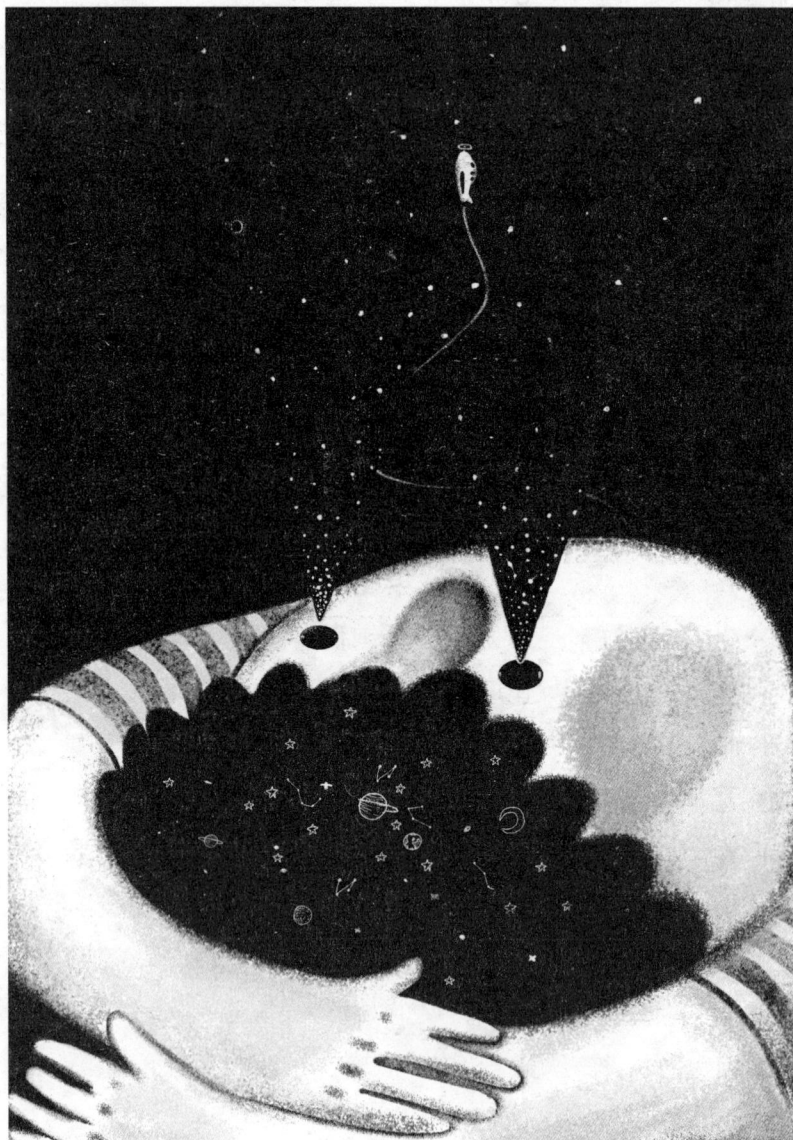

后记

　　不知不觉，这本书的编辑工作已接近尾声。无论是百万字的鸿篇巨制，还是一两百字的微型小说，都有画上一个句点的时候。但我相信，爷爷和杂货店的故事，才刚刚开始。

　　在这里，我们将"不足为外人道也"的话说出来，把不被最亲近的人理解的话写下来，把害怕说出口的话讲出来。当写下来、说出口的时候，很多问题其实已经"迎刃而解"了。

　　中国的文化讲求"会意"，也造就了大多数人安静内敛的性格。很多孩子沉默、少言，心里明明藏着很多事，却一直放在心里，自行消化。但这样的能力终是有限，很多内心深处的需求也逐渐被压抑，他们不懂得如何去表达自己内心的真实想法，也看不清自己需要的究竟是什么。

　　而"书信"作为一种最温柔的表达方法，它隐秘、真实、亲切，恰好满足了很多人对私密和倾诉的需要。写信的人，笔下的每一个字都发自肺腑；回信的人，每一句话都诚诚恳恳、饱含深情。

这是一件缓慢的事情，也是一件美好的事情。

杂货店不仅为大家提供一个"倾诉"的地方，也在用一种特别的方式陪伴你。爷爷究竟是谁，或许就是一个无需解开的"疑团"。我们每个人的心里，都有这样一个能倾听心事的精神寄托，不是宗教，也无关信仰。当我们伤心彷徨时，有这样一位陌生人，在不远不近的地方，借你一个肩膀；当我们踌躇满志时，有这样一位陌生人，在你看不见的角落，为你加油鼓掌。

有一天，你们可能在路上擦肩而过，你不认识他，他也不认得你。可那又有什么关系呢？纸上的相遇，已经是一件浪漫无比的事情了。

最后，要感谢所有的孩子，是你们的理解和体谅，让杂货店能一路走到现在，也是你们的支持和鼓励，让杂货店一直坚守初心。

另外，要特别感谢为杂货店付出努力和汗水的小义工们。无论大家现在身处何方，时光不老，我们不散。天南地北的我们，都有一个共同的名字——解忧义工。

附上部分小义工的心路历程，也附上所有小义工的名字，表达我们的由衷感谢！

杂货店义工：吕文敏

2017 年 8 月 24 日